Gente di mare

Per Luigi, Stefania e Gina.

Für meine Eltern:
- meine Mutter, die sich damit abfinden mußte, daß ihre Tochter
keine typische Beamtin ist
- und meinen Vater, der mich immer wieder ermuntert hat, dieses
Buch zu schreiben.

Angelika Klees

Gente di mare
(Die Leute vom Meer)

Geschichte einer Liebe in Ligurien

Roman

Bibliografische Information der Deutschen Bibliothek:
Die Deutsche Bibliothek verzeichnet diese Publikation in der Deutschen
Nationalbibliografie; detaillierte bibliografische Daten sind im Internet über http:
//dnb.ddb.de abrufbar.

Herstellung und Verlag: Books on Demand GmbH, Norderstedt
Covergestaltung: BoD unter Verwendung eines Acrylbildes der Autorin
Printed in Germany

ISBN: 3-8334-1212-7

Inhalt

Gente di mare	Die Leute vom Meer

A noi che siamo gente di pianura
navigatori esperti di città
il mare ci fa sempre un po' paura
per quell'idea di troppa libertà.

Wir Leute aus der Ebene finden
uns in jeder Stadt zurecht,
aber das Meer hat uns immer
ein wenig Angst gemacht,
weil es zuviel Freiheit verspricht

Eppure abbiamo il sale nei capelli
del mare abbiamo la profondità
e donne infreddolite negli scialli
che aspettano che cose non si sa

Und doch haben wir Salz in
unseren Haaren.
Vom Meer haben wir die Tiefe
und frierende Frauen, in Schals
gehüllt, die warten, ohne zu
wissen, worauf

Gente di mare, che se ne va,
dove gli pare dove non sa
gente que muore di nostalgia
ma quando torna dopo un giorno
muore per la voglia di andare via

Die Leute vom Meer wollen
fort und wissen doch nicht,
wohin. Sie sterben in der
Fremde vor Heimweh.
Aber wenn sie zurückkehren,
sterben sie am nächsten Tag
schon wieder vor Sehnsucht
nach der Ferne ...

(Giancarlo Bigazzi)

PROLOG

Der Himmel ist besonders klar an diesem 23. Februar 1887. Jetzt, morgens kurz nach sechs Uhr, ist die Luft noch kühl von der frostigen Nacht, aber die vor kurzem aufgegangene Sonne, die den ruhigen Meeresspiegel glitzern und funkeln läßt, verspricht einen milden Vorfrühlingstag – gutes Wetter, um mit der Feldarbeit zu beginnen. Die Klappläden der meisten Häuser sind bereits geöffnet, aber noch regt sich kein Laut in den verwinkelten Gassen von Bussana.

Es ist Aschermittwoch, und wer nicht durch Krankheit oder Gebrechlichkeit verhindert ist oder kleine Kinder zu Hause hat, nimmt in der Kirche mit dem weithin sichtbaren Glockenturm am Frühgottesdienst teil. Die Proviantkörbe für den anschließenden langen und beschwerlichen Arbeitstag sind bereits gepackt und warten darauf, daß die Gläubigen von der Messe zurück kommen. Es ist 6.21 Uhr.

Da ertönt ein ohrenbetäubendes Grollen. Gleichzeitig erbebt das Dorf auf dem Felsen, als hätte ein Riese gegen den Berg getreten. Häuser stürzen zusammen, Dachziegel fliegen herab, Natursteinmauern wackeln und zerfallen nach kurzem Zögern in ihre Einzelteile. Man hört das Brüllen der Tiere in ihren Ställen, aufgeregtes Gegacker und Geschnatter des Federviehs und das entsetzte Schreien von Menschen. Eine riesige, gelbliche Staubwolke steigt auf und hängt am Himmel über dem Bergdorf.

Minuten später ist das Grollen verklungen. Nur vereinzelte Schmerzens- und Hilfeschreie sind zu hören. In der Stille, die ansonsten wieder herrscht, klingen sie um so durchdringender und hoffnungsloser. Nur ein einziger Erdstoß ist es gewesen, aber er hat nahezu kein Haus verschont. Die meisten Gebäude sind unrettbar zerstört, und die wenigen, die noch stehen, weisen so tiefe und markante Risse auf, daß es nur noch eine Frage der Zeit ist, wann auch sie in sich zusammenstürzen werden.

Zahlreiche Einwohner sind unter den Trümmern ihrer Häuser begraben. Wie viele fromme Menschen den morgendlichen Gang zur Messe mit dem Leben bezahlen mußten, weiß zu dem Zeitpunkt niemand. Lediglich der Kirchturm mit seiner Glocke hat dem Erdbeben standgehalten ...

I. »Niki – wie Saint Phalle!

Dididididiiiiiii! – Dididididiiiii! – Dididididiiiiii!

Niki zuckte zusammen und griff mit fest zusammen gekniffenen Augen nach dem Störenfried, um ihn möglichst schnell mundtot zu machen. Natürlich ging der Versuch auch dieses Mal daneben – der Plastikwecker fiel mit Getöse vom Nachttisch. Während sie ersten Ärger in sich aufsteigen spürte, erinnerte sie sich, warum sie heute so früh das Bett verlassen wollte, und war sofort milder gestimmt. Es war ein ehrlicher Wecker, billig beim schwedischen Möbelriesen gekauft und stets zuverlässig. Kein sanfter Schnurrer, der die Wahl zwischen Aufstehen und Liegenbleiben suggerierte. Seine abgehackten, die Nerven strapazierenden Töne ließen keinen Zweifel an seiner Botschaft: Aufstehen! Sofort! Widerstand zwecklos! Ungeachtet seiner Herkunft also eigentlich ein typisch deutscher Wecker, eine Eigenschaft, die ihn für diese ganz besondere Reise aber endgültig disqualifizierte. Sie bückte sich, griff das blaue Lärmmonstrum (es zeigte 5.30 Uhr!), trug es – noch barfuß – in die Küche und warf es mit unverhohlenem Vergnügen in den Mülleimer. Basta! Nur Wind und Wellen würde sie in der nächsten Zeit erlauben, sie so früh am Morgen zu wecken.

*

Kufstein, Wörgl, Schwaz, Wattens, endlich Innsbruck und der Hinweis: Italien. Während sie die kleinen österreichischen Städte, die links und rechts der Autobahn lagen, hinter sich ließ, mußte sich Niki immer wieder zu mehr Konzentration ermahnen. Beinahe hätte sie vor einer Stunde hinter München die Autobahnabfahrt nach Österreich verpaßt – so vertieft war sie in Gedanken und Erinnerungen. Es schien eine Ewigkeit her zu sein, daß sie sich den Luxus hatte gönnen können, ihre Gedanken und Erinnerungen schweifen zu lassen, ohne zeitliche Beschränkung, ohne Termindruck im Nacken. Manchmal hatte sie den Verdacht, daß unsichtbare schwarze Löcher die Zeit verschluckten und nicht mehr hergaben.

Und im Moment gab sie sich der Illusion hin, mit ihrer Reise das unaufhaltsame Verrinnen der Stunden, Tage und Jahre anhalten zu können. Zumindest erwartete sie, die unmittelbar vor ihr liegende Zeit so zu erleben, daß sie anschließend noch wissen würde, womit sie sie aufgebraucht hatte.

Zeit war kein Thema gewesen, solange sie geglaubt hatte, davon im Überfluß zu besitzen. In der Oberstufe hatten sie im Deutschunterricht »Mitte des Lebens« gelesen. Frau Gerlach, in Wollstrümpfen, altjüngferlichem Rock und ohne erkennbare Taille schon optisch in krassem Gegensatz zum aufmüpfigen Zeitgeist, hatte ein Faible für Luise Rinser, aber keinen Draht zu Musik, Mode und den Idolen der Beatgeneration und daher einen schweren Stand bei ihnen gehabt.

Und dann dieses Buch. Was interessierten Unterprimaner die Probleme einer Siebenunddreißigjährigen? Lichtjahre entfernt war deren Lebensalter ihnen vorgekommen. Selbst heute, mit zweiundvierzig Jahren, weigerte Niki sich standhaft, ihr Alter als Mitte des Lebens zu bezeichnen, hätte sich daraus doch in etwa die ihr noch verbleibende Zeit errechnen lassen. Ein Gedanke, der ihr jedes Mal fast die Luft abschnürte. Und sie war sich ganz sicher, daß sie auch mit fünfzig, sechzig und mehr Jahren nicht anders empfinden würde. Sie konnte sich einfach nicht vorstellen, daß sie sich jemals gottergeben in die – wie sie es insgeheim nannte – rentner-popeline-beige Lebensphase würde fallen lassen. Zwar war sie davon noch weit entfernt, dennoch hieß es wachsam sein. Zeigte man dem schleichenden Ungeheuer namens Alter einmal seine Achillesferse, war man verloren.

Sie erinnerte sich noch allzu gut an ihren Schrecken, als eines Mittags nach der Schule ein Katalog mit einem speziell auf Senioren zugeschnittenen Warenangebot im Briefkasten gelegen hatte. Die geradezu unglaubliche Vielfalt an Inkontinenzeinlagen, Bruchbändern und Gebißreinigungsbehältern war ihr wie ein Menetekel zukünftigen Grauens erschienen. Sie hatte sogar erwogen, sich weitere Zusendungen schriftlich zu verbitten, es dann aber doch mit einer sofortigen Entsorgung im Altpapier bewenden lassen. Zum Glück waren weitere Belästungen dieser Art danach unterblieben, und sie hatte die Episode unter »irrtümliche Zusendungen« verbuchen können.

Ebenso diffamierend fand sie die Modekreationen für die von ihr noch nie gesehene »Frau ohne Alter«. Welches Phantom sich dahinter wohl verbergen mochte? Vor kurzem hatte in einem Faltblatt, welches der Tageszeitung beilag, ein unbekannter Kleidungshersteller vollmundig verkündet: »Wir führen Kleidung, modisch und schick bis Größe 64«. Niki, die sich eigentlich nicht für phantasielos hielt, hatte es nicht vermocht, sich die damit umschriebene Figur vorzustellen. Gab es sie überhaupt in realiter? Sie mit ihrer Konfektionsgröße 36, die lediglich in den ersten Jahren nach Christinas Geburt vorübergehend auf 38 hochgeschnellt war, verband mit Größe 64 einen Berg, aber ganz sicher nicht Chic und Eleganz. Und sie nahm sich einmal mehr vor, nie locker zu lassen im Kampf gegen Verfall und Alter.

Inzwischen war sie geübt im Verdrängen solch unerwünschter Gedanken und Vorstellungen. Nur ganz selten kapitulierte für kurze Zeit ihr »verdammter Optimismus«, ein Etikett, welches ihr die Tochter angehängt hatte. So etwa, wenn im Radio – was zum Glück nicht allzu häufig vorkam – Marianne Faithful mit brüchiger Stimme die Ballade von Lucy Jordan sang. Vor allem eine Zeile konnte in Niki Gefühle der Panik auslösen: »At the age of thirty-seven she realized she´d never ride through Paris in a sportscar with the warm wind in her hair …«. Nie mehr sollte ihr dieses Lied Angst machen!

Paris war allerdings nicht das Ziel ihrer Reise. Mit ruhiger Hand und unruhigem Herzen steuerte sie den kleinen Sportwagen über die Autobahn Richtung Brenner. Morgen Abend würde sie in ihrem Appartement in der Residence delle Terrazze in Alassio sitzen und aufs Meer blicken. – Warum es ausgerechnet Alassio sein mußte und nicht ein abgelegenes Fischerdorf, etwa im Süden des Stiefels oder auf Sardinien? Ganz genau hatte sie die Frage der Freundinnen auch nicht beantworten können. Steckte dahinter der naive Wunsch, mit dieser Rückkehr an den Ort unbeschwerter Jugendferientage die seither verflossenen Jahre ungeschehen zu machen? Oder war es einfach nur diese ganz spezielle Mischung aus Meer und Strand einerseits und städtischem Leben andererseits. Die Italiener waren seit jeher ein urban geprägtes Volk, offenbares Erbe der einstigen Größe Roms. Und diese Lebensform entsprach ja auch perfekt ihrem kommunikationsfreudigen Naturell.

Sie brauchten die *piazze* zur Selbstdarstellung wie das tägliche Brot und integrierten fremde Besucher mühelos in ihre sich in stets abgewandelter Form wiederholende *commedia dell´ arte*.

Niki wünschte sich nichts sehnlicher, als möglichst schnell zu dieser mediterranen Gemeinschaft zu gehören. Noch immer konnte sie kaum glauben, daß sie nicht kurz vor der Abfahrt der Mut verlassen hatte, wie sie in manchen durchwachten Nächten befürchtet hatte. In der letzten Woche waren jeden Abend vor dem Einschlafen die Nachtgespenster erschienen und hatten ihr zugeflüstert: »Tu's nicht! Wer weiß, was alles passieren kann, während du weg bist!« Und tatsächlich war ihr beim Gedanken an die Eltern, die beide über siebzig waren, etwas mulmig zumute. Sie wischte die trüben Gedanken weg. Schließlich fuhr sie nach Italien und nicht nach Afrika oder Australien.

Eigentlich war die kleine Lebensversicherung, die ihr vor einem Jahr ausgezahlt worden war, für Renovierungsarbeiten an ihrem Haus vorgesehen gewesen. Das stand zwar erst fünfzehn Jahre, zeigte aber doch schon erste Spuren der Abnutzung und hätte an einigen Stellen eine Überholung dringend nötig.

Aber dann war da wieder mal einer dieser »Nichts-wie-weg-Tage« gewesen, und plötzlich hatte sie gewußt, wofür sie das Geld verwenden würde. Die Einwände von allen Seiten waren irgendwann unverhohlener Bewunderung gewichen. Nur ihre Mutter hatte unverändert Bedenken angemeldet und das wenige Tage vor ihrer Abreise auch gesagt:»Ich bin nicht einverstanden mit dem, was du vorhast.«

Sie aber hatte gewußt, wenn sie diesen Plan nicht in die Tat umsetzte, würde sie es für den Rest ihres Lebens bereuen.

Nur gut, daß sie für ihr italienisches Zuhause auf Zeit schon im Februar eine Anzahlung geleistet und damit ein Abspringen in letzter Minute zumindest schwieriger gemacht hatte.

Die Dauer ihres Aufenthalts hatte sie sich offen gehalten. Wenn sie sparsam lebte, würde ihr Geld drei, vier Monate, vielleicht sogar ein halbes Jahr reichen. Mit etwas Glück würde sie diese Frist aber auch durch den Erlös verkaufter Bilder verlängern können. Eine genaue Vorstellung, wie sie das anstellen wollte, hatte sie nicht, nur eine vage Idee: Sie könnte an einer Feldstaffelei an einem belebten Platz im Freien malen, damit Passanten anlocken und ihnen gerahmte Miniaturaquarelle verkaufen. Alles war möglich. Nicht-mehr-weg-wollen oder überstürzte Flucht? Würde sie das Alleinsein genießen oder bald erstes Heimweh empfinden?

Immerhin war sie nicht ganz allein unterwegs. Beagle Smarty lag im Fußraum des Beifahrersitzes auf seiner Decke, auch nach fünfstündiger Fahrt hellwach und bereit, bei jedem Halt aufzuspringen. Nie hatte er mit Niki alleine eine längere Autofahrt unternommen. Bei allen Urlaubsreisen der letzten Jahre hatte sie auf dem Beifahrersitz gesessen und Holger das Steuern des Wagens überlassen. Wie vieles andere in ihrer Ehe war auch das irgendwann stillschweigendes Übereinkommen geworden, über das nicht mehr diskutiert werden mußte. Widerspruchslos und teils aus Bequemlichkeit hatte sie nach und nach immer mehr Kompetenzen an ihren Mann abgetreten, was inzwischen einer – zumindest partiellen – Entmündigung gleich kam. Sie hoffte, auf dieser Reise auch ihre frühere Entschlußkraft und Unternehmungslust wiederzufinden.

Sie dachte an den Abschied am frühen Morgen, bei dem sogar eine gewisse sentimentale Stimmung aufgekommen war, mit der sie nach dem sehnsüchtigen Warten auf den Tag der Abreise und der kaum noch zu verbergenden Vorfreude auf Italien gar nicht gerechnet hatte. Wie alle anderen ihr nahe stehenden Menschen, von denen sie sich in der letzten Woche verabschiedet hatte, hatte auch Holger eine ganz individuelle, liebevoll konstruierte kleine Lüge als Rechtfertigung für ihr Weggehen bekommen. Eigentlich war sie sogar ein wenig stolz auf ihre phantasievoll erdichteten Halbwahrheiten. Da sich in dem Appartementhaus in Alassio ein Fitneßstudio, eine Sauna sowie ein Beautycenter befanden, war ihr mit dem Hausprospekt das Alibi quasi frei Haus geliefert worden. Sie würde einen Aufenthalt in einer Schönheitsfarm buchen. Schließlich machten das unzählige Frauen. Und sie hatte noch nie eine Kur gemacht, fühlte sich erschöpft und brauchte das jetzt!

Daß sie nicht nur eine kosmetische, sondern auch eine gefühlsmäßige Runderneuerung brauchte, hatte sie verschwiegen. Freiheit, Abenteuer – ja, vielleicht auch ein Liebesabenteuer, das war es, was sie suchte und doch niemandem sagen konnte und wollte.

»Malen Sie oder sind Sie glücklich verheiratet?«

Ad 1: Ja.

Ad 2: Jein. Bestenfalls!

Von außen betrachtet, hätte wohl jeder ihre Ehe als harmonisch und glücklich bezeichnet. Bei allen gemeinsamen öffentlichen Auftritten, deren es dank Holgers vieler Ämter reichlich gab, traten sie als so etwas wie das Provinz-Glamour-Paar auf und spielten diese Rolle tadellos. Und tatsächlich fehlten zum großen Unglück ernsthafte Krisen. Soweit sie das beurteilen konnte, war Holger ihr treu. Und er ließ ihr relativ viel Freiheit. Das hatte sie lange dankbar registriert, bis ihr aufgegangen war, daß er sich mehr aus Eigennutz so großzügig verhielt. Holger war im Sternzeichen der Zwillinge geboren. Und wie alle Zwillinge brauchte er ständig Publikum. Er zählte zu der Sorte Mann, die nur einen Fuß über die Schwelle eines Tennisheimes oder eines Vereinslokales setzen mußten, um sofort mit irgendeinem Posten bedacht zu werden. Schriftführer, Kassenwart, zweiter Vorsitzender, erster Vorsitzender, Vorstandsvorsitzender – im Laufe der Jahre war die Liste seiner ehrenamtlichen Tätigkeiten immer länger geworden und die Zeit, die er für sie und Christina übrig hatte, immer kürzer. Nach zwölf Jahren Alleinauftritten bei Elternsprechtagen, schulischen Theatervorführungen und Festen hatte sie gestreikt und eines Abends Holger geschickt – mit dem Ergebnis, daß ihr Mann als frisch gewählter Klassenelternsprecher zurück kam!

Daraufhin hatte sie sich endlich geschlagen gegeben und im Laufe der folgenden Jahre den Begriff Glück für sich notgedrungen anders interpretiert. Glück war für sie nun die Abwesenheit von Unglück. Das war nicht viel, aber immerhin mehr als nichts. – Nur: Jetzt funktionierte auch diese Strategie nicht mehr. Sie wollte noch einmal richtig glücklich sein.

Niki schreckte aus ihren Gedanken auf, als sie vor sich die Bremslichter der anderen Autos und dahinter die Mautstation erblickte und merkte, daß sie viel zu schnell war. Sie trat abrupt auf die Bremse, die zuverlässig sofort reagierte. Allerdings gerieten die auf dem Beifahrersitz ungesichert gestapelten Taschen und Tüten ins Rutschen und kamen dem armen Hund im Fußraum gefährlich nahe. Der Kofferraum ihres Autos war ziemlich klein, und für einen längeren Auslandsaufenthalt brauchte man nun mal viele Dinge. Außerdem hatte sie unbedingt ihre Malsachen – Aquarell-, Pastell- und Acrylblocks und die dazugehörigen Farben, Pinsel und Arbeitsutensilien – mitnehmen müssen. Und auf ihre Joggingsachen hatte sie auch nicht verzichten wollen. Schließlich wollte sie nicht nur für ihre Seele, sondern auch für ihre Figur etwas tun. Daß bei dem plötzlichen Bremsvorgang allerdings ausgerechnet die Großpackung mit ihrem Lieblingsmüsli nach vorne geschleudert wurde und Smarty beinahe am Kopf getroffen hätte, erfüllte sie insgeheim mit Scham. Nicht nur, weil sie beim Beladen des Wagens zu Hause so unachtsam gewesen war, sondern auch, weil sie ganz offensichtlich den völligen Ausstieg aus ihrem bisherigen Alltag mit seinen kleinen Gewohnheiten noch nicht vollzogen hatte. Ausgerechnet nach Italien, dem Land mit der bekanntermaßen besten Küche der Welt, nahm sie Lebensmittel mit! Dabei hatte sie sich bei früheren Urlaubsaufenthalten immer über Landsleute lustig gemacht, die untröstlich waren, weil sie auf ihr gewohntes Schwarzbrot verzichten mußten.

Doch Niki schleppte noch mehr unnötigen Ballast mit. Den konnte man allerdings nicht sehen. Er war in ihrem tiefsten Innern verborgen. »Gefühlsmäßige Altlasten« würde ein Psychologe es vielleicht nennen. Auch ohne Analyse wußte sie, wo die Wurzeln für ihre klaustrophobischen Neigungen und ihre ausgeprägte Abneigung gegen jede Art von Einengung und Zwang lagen. Nur sie hätte sagen können, wann das Dorf, das für die kleine Veronika bis dahin behütetes Universum gewesen war, seinen magischen Glanz verloren hatte. Und sie war die einzige lebende Zeugin bedrückender Stunden, in denen man ihr dort zu nahe getreten war.

Die Autoschlange bewegte sich nur stockend vorwärts. Noch immer trennten sie fünf Fahrzeuge von der Mautschranke. Vielleicht hätte sie doch nicht am Wochenende fahren sollen ...

Niki griff mit der rechten Hand nach dem Rückspiegel und drehte ihn so, daß sie ihr Make-up kontrollieren konnte. Ihr Gesicht war verschwitzt und sah müde aus, aber gleich nach der Mautstation würde sie Rast machen, einen Espresso zur Belebung ihrer Lebensgeister trinken und dann im Waschraum die unordentliche Frisur reparieren. Während sie immer wieder einen kurzen Blick auf die vor ihr wartenden Autos warf, trug sie mit schnellen Bewegungen ein wenig Rouge und Puder auf und fuhr sich mit dem Glossroller über die Lippen. Sie kontrollierte das Ergebnis im Spiegel, bevor sie ihn wieder in seine ursprüngliche Position drehte, und entschied, daß das Ergebnis nicht umwerfend, aber zumindest akzeptabel war.

Vorbei die Zeit pubertären Haderns mit eingebildeten oder tatsächlichen optischen Unzulänglichkeiten. Im Laufe der Jahre hatte sie sich nicht nur mit ihrer geringen Körpergröße abgefunden, sondern gelernt, das ihr gegebene Aussehen sogar zu mögen. Sie entsprach weder dem damenhaften noch dem mütterlichen Frauenbild, sondern verkörperte mit ihrer zierlichen Gestalt immer noch den eher mädchenhaften Typ, wofür sie inzwischen natürlich dankbar war. Ihr glattes, dunkel glänzendes Haar, das sie vor zehn Jahren noch bis zur Taille getragen hatte, war jetzt knapp schulterlang. Ihre tiefbraunen Augen, die sie für das gelungenste Detail ihres Körpers hielt, und der stets leicht gebräunte Teint verliehen ihr zudem jenen mediterranen Touch, der – wie sie fand – perfekt zu ihrem Wesen paßte.

Man konnte sie ganz leicht glücklich machen, wenn man sie – was häufig vorkam – erheblich jünger schätzte. Oder wenn sie jemand – was zu ihrem Bedauern nur hin und wieder passierte – für eine Italienerin hielt. Wenn es wirklich so etwas wie Seelenwanderung gab, dann mußte sie in einem früheren Leben in Italien gelebt haben. Davon war sie felsenfest überzeugt. Wie sonst war es zu erklären, daß sie mit zwölf Jahren bei ihrem allerersten Aufenthalt in dem geliebten Land, vier glücklichen Wochen in einem Kindererholungsheim an der Adria, nicht nur kein Heimweh empfunden hatte wie die meisten anderen Jungen und Mädchen, sondern bei der Abreise bittere Tränen vergossen hatte, weil sie gern noch geblieben wäre.

Cesenatico, das waren Erinnerungen an allmittägliches Nudelglück im großen Speisesaal der »Colonia Clara«, dicke Weißbrotscheiben, die den Kindern in großen, mit Geschirrtüchern bedeckten Körben an den Strand gebracht und zusammen mit Schokoladentäfelchen inklusive Sammelbildchen verteilt worden waren, verbotenes und darum erst recht begehrtes Wassereis in den italienischen Nationalfarben und ihren ersten Sonnenaufgang am Meer. Niki, im Sternzeichen Fische geboren, hatte damals ihr Element gefunden, und das hatte sie bis heute nicht mehr losgelassen. Alles, wirklich alles hatte sie damals schön und beglückend gefunden. Nie zuvor hatte sie ein solch uneingeschränktes

Gefühl von Freiheit gespürt – trotz der strengen Reglementierung durch die Betreuerinnen.

Nach diesem Aufenthalt hatte sie nur noch einmal ähnliche Empfindungen gehabt: beim Italienurlaub kurz nach dem Abitur. Vorbei waren endlich Schulzwang, Lernzwang, Elternzwang, Kirchgangzwang, Verstellungszwang, vorbei auch der selbst auferlegte Zwang, als braves Alibikind Ausgleich für den sich über alle Verbote und Konventionen hinwegsetzenden und – Ungerechtigkeit! – dennoch von den Eltern geliebten jüngeren Bruder sein zu müssen.

Endlich! Die Fahrzeuge vor Nikis Wagen setzten sich langsam in Bewegung. Sie konnte es kaum noch erwarten, die Grenze zu überqueren. Jedesmal, wenn sie in der Vergangenheit den Brenner hinter sich gelassen hatte, war es wie ein Nachhausekommen gewesen. Und der Wunsch, dort, wo sie immer glücklich gewesen war, zu leben, war mit den Jahren stärker und stärker geworden.

Sie war überzeugt, daß es die schwerste, aber auch spannendste Lebensaufgabe sein konnte, sich selbst zu erfinden und zu formen. Die Eltern hatten lediglich das Rohmaterial geliefert. Daraus ein gelungenes Gesamtwerk zu schaffen, oblag jeder Person selbst. Sie war ebenso überzeugt, daß in jedem Menschen mehrere mögliche Versionen verborgen lagen. In ihr erstes Ich war sie geboren und erzogen worden, in das zweite – Ehe und Mutterschaft – mehr oder weniger hineingeschlittert. Die spannende Frage war nun, ob es ihr gelingen würde, ihr Lebensskript noch einmal bewußt und dieses Mal ganz nach ihren Vorstellungen umzuschreiben. Ein neues Drehbuch bedeutete schließlich auch eine Umbesetzung der Hauptdarsteller. Welche Rollen würde sie streichen müssen? Konnte, wollte sie überhaupt jemanden aus ihrem Leben streichen? Oder wäre es möglich, den bisherigen Mitspielern neue Rollen zuzuweisen? Und: Würden neue Darsteller auf die Bühne treten?

Noch ein Wagen, dann würde sie bis zur Barriere vorfahren und das Autobahnticket ziehen. –

Ihren Ausweis hatte niemand sehen wollen. – Veronika Klein: Als

Schülerin hatte sie immer Hemmungen gehabt, ihren Namen laut zu sagen, wenn Lehrer zu Beginn eines neuen Schuljahres die Klassenliste anlegten. Sie fand die Folge von Knacklauten unschön, um nicht zu sagen: peinlich, und hätte viel für einen weicheren, melodischeren, klangvolleren Namen gegeben. Immer, wenn sie ihn, so wie jetzt, las, war sie ihrer Cousine Marianne dankbar. Die hatte, als sie beide gerade dreizehn gewesen waren, beschlossen, in Zukunft nur noch Mary zu heißen. Und hatte Veronika großzügig gleich auch mit einem neuen Namen versorgt. Zum Glück war sie nicht auf das naheliegende »Vroni« verfallen. »Nicki« würde viel besser passen, hatte sie entschieden. Und dabei war es geblieben. Lediglich die Schreibweise hatte Niki einige Jahre später modifiziert und das kleine c im Kosenamen gestrichen. »Niki – wie Saint Phalle!« Sie fand es interessant, sich so vorzustellen und auf die Namensgleichheit mit der Schöpferin der bunten Nanas zu verweisen.

Ein zweiter Schritt im Erfinden ihres äußeren Selbst war eindeutig die Entdeckung der segensreichen Wirkungen von Schminke ein Jahr später gewesen. Sie konnte sich noch genau an den Nachmittag erinnern, als sie zum ersten Mal Make-up aufgetragen und anschließend sprachlos ob der wundersamen Verwandlung vor dem Spiegel verharrt hatte. Die gehaßten Sommersprossen waren nicht verschwunden, aber irgendwie hatten sie keine Rolle mehr gespielt. Sie hatte kaum glauben können, daß das ihr eigenes Gesicht sein sollte. Die Erkenntnis, daß gutes Aussehen machbar war, hatte viele ihrer Komplexe mit einem Schlag beseitigt. Nicht, daß sie sich danach je dick mit Farben zugekleistert hätte – dafür war ihr Gefühl für harmonische Farbkombinationen zu sensibel ausgeprägt, aber sie hatte es seit diesem Tag als Selbstverständlichkeit angesehen, jeden Tag so gepflegt und attraktiv wie möglich zu beginnen. Und niemals hätte sie zugunsten einer halben Stunde längeren Schlafens auf die morgendlichen Pflege- und Schminkrituale verzichtet.

Daß Mutter Natur ihr Schönheitsfüllhorn nicht gleichmäßig und gerecht über allen Menschenkindern ausleerte, hatte sie zu akzeptieren.

Aber es mußte doch erlaubt sein, selbst etwas für Ausgleich zu sorgen, ohne gleich als eitle Gans diskriminiert zu werden.

»Ich brauche kein Shampoo – ich habe mein Kind.« Mit dieser boshaften Bemerkung hätte der Fernsehsatiriker sie nicht treffen können. Wenn es eitel war, auf strähniges Haar, breite Gesundheitssandalen und sackförmige Pullover aus selbst gefärbter Schafwolle zu verzichten, dann wollte sie sich diesem Vorwurf gerne stellen. Ein Vorwurf, der in Italien undenkbar gewesen wäre. Dort, das wußte sie, war es eine Auszeichnung, als schick und gut aussehend zu gelten.

Viel länger hatte sie gebraucht, ihre Persönlichkeit zu entwickeln und zu formen. Es hatte Jahre gedauert, bis aus dem verschüchterten, komplexbeladenen Landei namens Veronika eine selbstbewußte Frau geworden war. Und hatte wahrscheinlich nur dadurch funktioniert, daß sie jetzt wußte, was sie wert war und konnte. Sie konnte malen. Immerhin bezahlten hin und wieder Leute Geld dafür, sich eines ihrer Bilder in die Wohnung zu hängen. Und sie konnte schreiben. Schließlich bezahlte man sie für ihre Reise-, Mode- und Kulturartikel, die sie für diverse Zeitschriften schrieb. Daneben verfaßte sie mit einigem Erfolg Werbetexte, wobei sie den Verdacht hegte, daß ihr das Schreiben euphorischer Lobeshymnen, die in immer neuen Wendungen eigentlich stets das Gleiche aussagten, nur deshalb so leicht von der Hand ging, weil sie jahrelange Übung darin hatte, sich ihr ödes Dasein schön zu reden.

Ihr eigentlicher Beruf als Lehrerin hatte sie mit den Jahren zunehmend frustriert. Sie hatte keinen Elan mehr, Schülern etwas beibringen zu müssen, die absolut nichts beigebracht haben wollten – oder jedenfalls nicht von ihr. Ihre schließlich nur noch mühsam kaschierte Unlust hatten die Schüler wohl auch gespürt und ihrerseits noch gelangweilter reagiert – ein Teufelskreis. Ihr fehlte die Kraft – und inzwischen auch die Lust – diese Spirale zu durchbrechen. Sie wußte nur: Sie mußte raus!

Mehr als einmal hatte sie in den letzten Jahren den morgendlichen

Gang vom Lehrerparkplatz zum Schulgebäude mit Verwünschungen auf den Lippen zurück gelegt. Dabei hätte sie jedem Bauchredner Konkurrenz machen können, denn sie schimpfte nicht nach außen, sie tat es mit zusammen gepreßten Zähnen nach innen, ohne die Lippen zu bewegen. Schließlich galt es zu verhindern, daß irgend jemand aus dem Verwaltungstrakt etwas bemerkte. Bis sie sich eines Tages klar machte, daß kein Retter auf weißem Pferd kommen und sie aus diesem Joch befreien würde. Sie ganz allein mußte dem Zustand permanenter Verstellung ein Ende bereiten, bevor das verborgene Wüten ihr Innerstes durchdrang und vergiftete.

»Beamtin auf Lebenszeit« – das klang ein bißchen wie »lebenslänglich«. Und wie eine Gefängnisinsassin hatte sie im letzten halben Jahr die Tage bis zu ihrem Ausbruch im Kalender weggestrichen. Oft hatte sie sich ausgemalt, wie es wäre, auf dem morgendlichen Weg zur Schule die Autobahnausfahrt zu ihrem Dienstort zu ignorieren und ganz einfach weiter zu fahren: der Sonne entgegen, Richtung Süden.

Manchmal, an besonders stressigen und unerträglichen Schulvormittagen, hatten sie und die Kolleginnen sich im Lehrerzimmer die Zeit mit kleinen Planspielchen vertrieben und Strategien zur vorzeitigen Pensionierung entwickelt. Man könnte einmal nackt durch den Verwaltungstrakt flitzen! Auch nicht schlecht: sich dem Chef auf den Schoß setzen! Oder ihm Tinte aufs Hemd kippen! Oder am besten alles schön hintereinander! Immer neue kreative Vorschläge wurden gemacht. Je alberner die Einfälle, umso besser. Das ahnungslose Opfer dieser fiktiven Anschläge war im Grunde unschuldig an ihrer mangelnden Arbeitsmoral, und so schämten sie sich manchmal ein wenig. Aber wirklich nur manchmal. Meistens jedoch fühlten sie sich nach solchen Pausen erfrischt wie nach einem Waldlauf, und die restlichen Unterrichtsstunden ließen sich gleich viel leichter überstehen.

Aber Niki hatte noch mehr Munition gegen Schulfrust parat. In der untersten Schublade ihres Schreibtisches schlummerte seit Jahren – top secret! – eine Buntstiftskizze und wartete auf ihren Spezialeinsatz. Der

Entwurf zeigte in der Ferne ein Schulgebäude und die Karikatur einer Lehrerin, die im Weglaufen Bücher, Hefte, Rotstift und ihre mausgraue Kleidung hinter sich warf. Unter dem biederen Gewand trug sie ein aufregend dekolletiertes Minikleid sowie eine Schärpe über der Brust mit dem Schriftzug »I survived school!« – Ihr Entschluß stand fest: Eines Tages würde sie in einem so bedruckten T-Shirt ihren endgültigen Abschied nehmen.

All diese kleinen Heimlichkeiten und Bosheiten waren notwendige Ventile gegen das tägliche Alltagsgrau gewesen. Aber eben nur Ventile. Doch sie wollte weg!

Dann hatte sie vor drei Jahren kurz vor Silvester in einer Zeitschrift ihr ausführliches Jahreshoroskop gelesen und war davon so beeindruckt gewesen, daß sie es ausgeschnitten und in ihrem Arbeitszimmer an die Pinnwand geheftet hatte.

»Freiberufler in der Medien- oder Kunstbranche sind im kommenden Jahr sehr erfolgreich. Alle anderen Fische stehen diesen Berufsgruppen natürlich nicht nach, vorausgesetzt, sie verwirklichen insgeheim gehegte Existenzideen. Dabei ist es unerheblich, um was es sich handelt. Seien Sie also kein Zauderer, sonst bleiben Sie auf der Strecke. Denn Ihr übliches Tagesgeschäft ist für Sie eher Pflichterfüllung als Freude. Im August/September erhalten Sie die einmalige Chance, in eine andere Sparte zu wechseln. Haben Sie Mut zum Risiko!«

Niki war wie elektrisiert. Wieder und wieder las sie die Zeilen. Der unbekannte Sterndeuter schien sie zu kennen und seine Worte genau für sie geschrieben zu haben. Eigentlich war sie nicht abergläubisch und maß Horoskopen wenig Bedeutung bei. Weil dieses aber ihre innersten Sehnsüchte berührte, beschloß sie, es ernst zu nehmen und auf seine Erfüllung zu pochen. Anschließend hatte sie sich ein halbes Jahr lang in permanenter Wartestellung befunden. Und je näher der prognostizierte Beginn ihrer zweiten Karriere gerückt war, um so gespannter war sie gewesen. Beinahe jeden Tag hatte sie auf das spektakuläre Ereignis gewartet.

Als sich Ende August noch immer keine Anzeichen einer Wende

gezeigt hatten, war sie zwar enttäuscht gewesen, hatte aber dennoch beinahe trotzig darauf bestanden: Bald kommt meine Chance.

Und das Unerwartete trat ein. Als sie wieder einmal im Fitneßstudio auf dem Trimmrad vorbeugend gegen Cellulite und Pölsterchen anstrampelte, stieß sie in einer Illustrierten auf die Annonce: *»Nur mit Halbverrückten kann man Zeitung machen!«* Gesucht wurden sogenannte Trendscouts sowie freie Journalisten. Bingo! Touché! Juchhu! Sie wußte instinktiv: Das mußte es sein! Zu Hause hatte sie sich sofort ans Telefon gehängt und sich dreist beworben. Danach war alles Schlag auf Schlag gegangen: Vorstellungsgespräch, Honorarbesprechung, erste Redaktionskonferenz und gleich mehrere Aufträge für Artikel zu verschiedenen Themen.

Ein Erlebnis, das einmal mehr ihren heimlichen Leitspruch bestätigt hatte. »Immer, wenn du denkst, es geht nicht mehr, scheint von irgendwo ein kleines Lichtlein her.« Sie war felsenfest von der Wirksamkeit dieses Lebensmottos überzeugt – vorausgesetzt, man glaubte daran! Das kleine Lichtlein hatte ihr immerhin ein zusätzliches Polster auf dem Sparbuch gebracht: Geld, mit dem sie sich jetzt ein Stück Freiheit kaufte!

Lautes Hupen schreckte Niki aus ihren Gedanken. Der Weg vor ihr war frei. Freie Fahrt durch die Mautstation, freie Fahrt nach Italien. – Freie Fahrt in ein neues Leben? Sie war gespannt auf die Zeit, die vor ihr lag.

»Auf ins Land, wo die Pomeranzen wachsen!«
Wie viele ihrer Ansichten, Überzeugungen, Vorlieben und Abneigungen sie in ihrem bisherigen Leben auch geändert, verworfen oder ins Gegenteil gekehrt hatte, ihre Vorliebe für Joseph v. Eichendorffs »Taugenichts« hatte allen äußeren Veränderungen und Einflüssen stand gehalten.

Heute wie damals in ihrer Schulzeit verspürte Niki den gleichen Zauber bei den Eingangszeilen:

»Ich ging also in das Haus hinein und holte meine Geige, die ich recht

artig spielte, von der Wand, mein Vater gab mir noch einige Groschen Geld mit auf den Weg, und so schlenderte ich durch das lange Dorf hinaus. Ich hatte recht meine heimliche Freude, als ich da alle meine alten Bekannten und Kameraden rechts und links, wie gestern und vorgestern und immerdar, zur Arbeit hinausziehen, graben und pflügen sah, während ich so in die freie Welt hinausstrich. Ich rief den armen Leuten nach allen Seiten stolz und zufrieden Adjes zu, aber es kümmerte sich eben keiner sehr darum. Mir war es wie ein ewiger Sonntag im Gemüte.«

Auch sie hatte vielen »Adjes« gesagt, den »Funny Ladies« ebenso wie den Eltern, der besten Freundin und den Leuten in der Redaktion und – schon vor Wochen – den Schulkollegen und Schülern. In den letzten beiden Wochen vor den Sommerferien hatte sie sich permanent in einer Art Schwebezustand befunden – wie ein Luftballon, der an seiner dünnen Schnur zerrte, um endlich davonschweben zu können. Sie hatte Quizspiele mit den Kindern gespielt und Störungen und einzelne Unverschämtheiten hyperaktiver Schüler locker bis gleichgültig weggesteckt. Die Aussicht auf die große Freiheit hatte sie milde gestimmt.

Ganz zum Schluß hatten die Zehner es ihr dann doch noch schwer gemacht. Von Anfang an war der Unterricht mit ihnen von gegenseitiger Sympathie bestimmt gewesen, und als die jungen Leute ihr zum Abschied neben einem wunderschönen Blumenstrauß eine Flasche italienischen Rotwein, zwei Pakete Spaghetti und ein Wörterbuch Deutsch-Italienisch schenkten – als »Erste-Hilfe-Paket«, wie sie es nannten – und dann auch noch fragten, ob sie sie zum Abschied »mal drücken« dürften, hatten ihre Augen doch verdächtig viel Flüssigkeit produziert.

Eine Geige wie der Taugenichts hatte Niki nicht dabei, aber nach Musik war ihr wohl zumute. Sie schob die Kassette mit den Italo-Hits ein. Umberto Tozzi besang zusammen mit Raf die »Gente di mare ...«. Die Leute vom Meer – bald würde sie dazu gehören. Sie lehnte sich entspannt im Autositz zurück und genoß die perfekte Mischung aus Freiheit, Sonne und Musik.

Es war Ende August. Ferragosto, der Höhepunkt der italienischen Ferien, war vorüber und für die meisten Italiener damit auch der Sommer. Man freute sich auf die neue Herbstmode und trug sie mitunter auch bei Temperaturen, die eher nach leichter Kleidung verlangten. Vielleicht waren diese beneidenswerten Menschen nach den vielen Monaten ununterbrochenen Sonnenwetters einfach erschöpft von der Hitze und den durchwachten und durchfeierten Nächten. Niki aber fühlte nur Sommer. Während zu Hause die Abende schon empfindlich kühl gewesen waren und man in den frühen Morgenstunden Tautropfen an ersten Altweiberfäden im Rasen hatte glitzern sehen, war der Sommer hier noch makellos, unangetastet von herbstlichen Vorboten.

*

Als sie nach einer Stunde Bozen passierte, stand die Sonne schon tief und brannte waagerecht auf die Windschutzscheibe. Es war unerträglich heiß unter dem schwarzen Stoffdach. Niki fragte sich insgeheim, ob es nicht doch vernünftiger gewesen wäre, die kürzere Strecke durch die Schweiz zu nehmen. Aber sie kannte die Antwort nur zu gut: keine längeren Tunnels für sie! Und schon gar nicht, wenn sie alleine unterwegs war!

Sie steuerte den Wagen an den rechten Straßenrand, öffnete das Verdeck und setzte die Sonnenbrille auf, weil das grelle Sonnenlicht sie blendete. Sie atmete tief durch, roch den Duft von Gras und Kräutern und lauschte dem Gezirpe unzähliger Grillen.

Jetzt, wo die frische Sommerluft sie verheißungsvoll umwehte, meldete sich der Taugenichts wieder.

27

»... über mir jubilierten unzählige Lerchen hoch in der Luft; so zog ich
zwischen den grünen Bergen und an lustigen Städten und Dörfern vorbei
gen Italien hinunter.«

Am liebsten wäre sie so hier sitzen geblieben. Da sie aber noch fast
zwei Stunden Fahrt vor sich hatte, startete sie den Wagen wieder, setzte
den linken Blinker und fädelte sich in die Spur der anderen Autofahrer
ein.

War sie ein weiblicher Taugenichts? Taugte sie nichts, bloß, weil sie
sich weigerte, im Alltagsgrau aufzugehen, sich bis zur Unsichtbarkeit
aufzulösen? »We fade to grey?« – Never ever! Jedenfalls nicht ohne
Gegenwehr. Ganze Bataillone zur Verteidigung ihrer Jugend waren zu
Hause im Badezimmerschrank in Reih´ und Glied postiert: Flakons mit
Ölen, Lotions und Essenzen, Tiegel und Tübchen mit allerlei Cremes
und Fluids, die Wunderbares versprachen und selten hielten, Masken,
Packungen und Peelings für jede erdenkliche Problemzone ihres Kör-
pers. Mit der Zeit war sie sehr anfällig geworden für die blumigen
Versprechungen der Kosmetikbranche und hatte einiges an Zeit und
Geld investiert. Darüber hinaus hatte sie fast jeden erreichbaren Text,
jedes Buch zum Thema begierig verschlungen und sich so ein gewisses
Wissen angelesen. Dieses nutzte sie jetzt vornehmlich, um für diverse
Lifestyle-Magazine Artikel à la »So bleiben Sie länger jung«, »Schlagen
Sie dem Alter ein Schnippchen«, »10 Jahre jünger in 4 Wochen«, »4
Jahre jünger in 10 Wochen« oder »4 Wochen jünger in 10 Jahren« zu
schreiben, was inzwischen allerdings so viel ihrer eigentlich freien Zeit
beanspruchte, daß sie selbst kaum dazu kam, die von ihr propagierten
Tips für ewige Jugend am eigenen Leib auszuprobieren.

Die zweite Verteidigungslinie gegen Angriffe auf ihre Jugendlichkeit
war in der Küche gezogen. Gläser mit Tofu, Vorratsdosen voll Müsli
und geschrotetem Leinsamen, Vitalstoffkrispies und ähnliche Leckereien sowie Obst und Gemüse jeder Art hatten Fleisch- und Wurst-
waren in die Defensive gedrängt. Daß sie diese Beschränkung nicht

als Selbstkasteiung empfand, lag ganz einfach daran, daß sie noch nie versessen auf fleischliche Genüsse – jedenfalls nicht auf ihrem Teller – gewesen war. Einzig der Gänsebraten zu Martini oder Weihnachten stellte eine echte Versuchung dar, der sie alljährlich freiwillig und ohne schlechtes Gewissen erlag.

Die eigentliche Wunderwaffe gegen den Verlust ihrer Jugend aber sah sie in dieser Reise, dem Ausbruch aus allem, was über zwanzig Jahre als festgefügte Selbstverständlichkeit gegolten hatte. Sie wollte wieder zuallererst Niki sein, und dann erst »Mama«, »Frau Hausman-Klein« und was sonst noch. Natürlich kannte sie all die dummen Sprüche und Witze über Frauen, die sich beim Töpfern, Eierwärmer-Häkeln oder Meditieren selbst verwirklichen wollten. Witze, die nur ein Ziel hatten: Frauen einzuschüchtern und genau daran zu hindern.

Mochten sie alle lästern, sie würde sich nicht beirren lassen. Das war sie sich einfach schuldig. –

Sie setzte den Blinker, fuhr langsam an den rechten Straßenrand und brachte den Wagen vor der kleinen Bar zum Stehen.

*

Als Niki Lazise erreichte, stand die Sonne tief. Sie hatte für diese erste Etappe ihrer Italienreise erheblich länger als erwartet gebraucht und hätte nicht sagen können, warum. Da waren sie wieder, die unheimlichen Zeitfresser. Den Fehler machte sie vor jeder Reise mit dem Auto. Sie rechnete die Kilometerzahl durch ihre Durchschnittsgeschwindigkeit, gab dann auf die sich daraus ergebende Zeitspanne noch rund zwei Stunden für Rast und Staus drauf – und wunderte sich dann stets, wo die Mehrstunden herkamen. Egal, der größere Abschnitt war geschafft. Sie hatte es geschafft! Alleine!

Obwohl sie mit Holger nur einmal eine Nacht im Hotel Sirena verbracht hatte – auf der Durchreise nach Siena, fand sie das Haus auf Anhieb wieder. Nur durch einen großen Garten mit Pool von der Strandpromenade getrennt, hatte es ihnen damals so gut gefallen, daß sie am liebsten einige Tage geblieben wären und wohl auch getan hätten, wenn sie nicht mit Christina, die ein Gastsemester in der toskanischen Stadt verbringen durfte, eine Verabredung gehabt hätten.

Im Hotel wartete eine Enttäuschung auf sie. Man hatte ihre Buchung »verloren«, alles war ausgebucht und man verwies sie freundlich ins benachbarte Hotel Benacus. Dort gab es gleich die zweite frustrierende Erfahrung auf italienischem Boden. Man empfing Sie sehr herzlich, allerdings in deutscher Sprache! Vielleicht sah sie doch nicht so italienisch aus, wie sie sich gern einbildete ...?

Später relativierte sich dieser erste Eindruck allerdings, als sie feststellte, daß das Haus von Landsleuten geradezu übervölkert war. Die gleiche Feststellung machte sie beim abendlichen Bummel mit Smarty über die Uferpromenade. Lazise war eindeutig fest in deutscher Hand und für sie damit nicht das »richtige« Italien.

Und so war sie froh, als sie am nächsten Morgen schon früh von der Glocke des in die Stadtmauer integrierten Turmes, den sie am Abend zuvor von ihrem Fenster aus entdeckt hatte, geweckt wurde, nicht mit einfachen Schlägen, sondern mit einer wohlklingenden Melodie. Sie nahm es als gutes Omen, brachte das Frühstück so schnell wie möglich hinter sich, machte mit Smarty noch einen kurzen Spaziergang am Seeufer und wollte dann nur weiter: Richtung Süden – endlich ans Meer!

Da sie ab Genua die Küstenstraße genommen hatte, wurde es dann doch später als geplant. Aber als sie im Licht der untergehenden Sonne die rot-weiß gestreiften Schornsteine des Hafens von Savona erblickte, an denen sie früher so oft auf ihren Urlaubsfahrten nach Alassio vorbei gekommen waren, ging ihr das Herz auf. Sie waren weder schön noch typisch italienisch, aber für sie waren sie das Symbol, daß das Ziel ihrer Sehnsucht nahe war.

II.   Liguria, amore mio!

Es war weit nach Mitternacht, aber immer noch drückend heiß im Zimmer. Ganz sicher würde es ein Gewitter geben. Niki hatte sich abgeschminkt, war müde ins Bett gefallen und hatte nach wenigen Minuten gewußt, daß sie nicht einschlafen konnte. Das ging ihr öfter so. Obwohl vorher schläfrig, wurde sie, sobald sie im Bett lag, von Minute zu Minute wacher.

Nachdem sie noch einige vergebliche Versuche mit unterschiedlichen Körperhaltungen unternommen hatte, knipste sie die Nachttischlampe an, stand auf und zog sich den leichten Baumwollkimono über, um zur Toilette zu gehen, die sich draußen auf dem Flur befand, genauer gesagt: eine halbe Treppe höher, also auf halbem Weg zwischen zwei Stockwerken. Sie öffnete die Zimmertür, sah, daß alles dunkel war bis auf die spärliche Nachtbeleuchtung, und beschloß, die Tür einen Spalt offen stehen zu lassen, um besser sehen zu können. Das Haus war gespenstisch still. Die anderen Gäste waren entweder noch nicht von ihren nächtlichen Vergnügungen zurückgekehrt, oder aber sie schliefen schon.

Als sie zum Zimmer zurückkehrte, regte sich immer noch kein Laut. Und doch war irgend etwas anders. Sie verharrte unter dem Türrahmen, hielt den Atem an und spürte Angst in sich aufsteigen. Sie hatte das unheimliche Gefühl, nicht allein im Raum zu sein. Wie erstarrt blieb sie einige Minuten so stehen. – Niemand zu sehen. Da folgte sie einer alten Gewohnheit, die ihr selbst immer albern erschienen war und die sie daher niemandem erzählt hätte und der sie dennoch immer wieder, wenn sie in fremden Häusern übernachtete, folgte, wie unter einem inneren Zwang: Sie ging in die Hocke und schaute unter das Bett. Zunächst sah sie nur die Staubflusen auf dem glatten Steinboden und das weiße Laken, das zwischen den beiden Betten durchhing und fast den Boden berührte. Sie wollte sich gerade wieder aufrichten, als, quasi in letzter Minute, etwas ihren Blick fesselte. Nahe dem Fußende des Bettes, dort wo das Laken wieder seinen Weg zurück nach oben zur Bettritze hin antrat, ragten zwei Füße hervor, braungebrannte Füße in schwarzen Sandalen!

Scheinbar unendliche Schrecksekunden lang war sie unfähig, einen klaren Gedanken zu fassen. Dann glaubte sie zu wissen, was sie tun mußte. Vorsichtig griff sie nach dem Schlüssel, der innen steckte, und begann, ihn in Zeitlupentempo und möglichst lautlos aus dem Schloß zu ziehen. Wenn sie es schaffte, den Unbekannten im Zimmer einzuschließen, wäre sie gerettet.

Doch im selben Augenblick, als sie den Schlüssel von außen in das Schlüsselloch stecken wollte, kam der nächtliche Besucher aus seinem Versteck hervor. Ohne abzuwarten, wer da hervorkam, und panisch vor Angst ließ sie den Schlüssel fallen, stürzte davon und rannte, immer zwei Stufen auf einmal nehmend, die Treppen hoch, während sie hörte, daß der ungebetene Gast sie verfolgte und ihr etwas hinterher rief. Kam ihr denn niemand zu Hilfe? – Im zweiten Stock rüttelte sie wahllos an den Türen. Endlich! Die dritte im Flur war nicht verschlossen, sie schlüpfte hinein, schlug die Tür hinter sich zu und ließ sich außer Atem auf das nächste Bett fallen. Ein vielstimmiger Schrei ließ sie gleich wieder hochfahren ...

Schweißgebadet saß Niki im Bett und tastete mit der Linken neben sich. Niemand da. Wo war Gabi? Sie war doch schon vor mindestens einer Stunde aus der Diskothek zurückgekommen ...

Lange hatten sie zitternd vor Angst und sich an den Händen haltend im Bett gesessen und sich über die vorangegangenen Geschehnisse unterhalten. Wenn sie den ungebetenen Kavalier nicht rechtzeitig entdeckt hätte! Wenn er sein Versteck erst verlassen hätte, wenn sie schon im Bett gelegen hätte! Der Gedanke an eine fremde Hand, die im Dunklen nach ihr griff, hatte ihr nachträglich kalte Schauer über den Rücken gejagt. Der Unbekannte hätte ihr gar nichts antun müssen – sie wäre mit absoluter Sicherheit vor Schreck gestorben.

Niki tastete nach der Lampe neben ihrem Bett und drückte den Schalter. Was sie sah, steigerte ihre Verwirrung noch mehr. Wo war sie? Das Zimmer kam ihr völlig unbekannt vor. Dann fiel ihr Blick auf das zusammengerollte Bündel am Boden – Smarty.

Ganz allmählich kam die Erinnerung wieder. Sie war nicht in der Villa Rosita, sondern in ihrem Appartement in der Residence delle Terrazze, das sie gestern abend bezogen hatte. Von ferne war leises Donnergrollen zu hören, genau wie in jener Nacht vor über zwanzig Jahren.

Die Reise zusammen mit der Schulfreundin war ein Geschenk der Eltern zum bestandenen Abitur gewesen. Die preiswerte Pension, komplett von Gästen der Jugendreisegesellschaft belegt, war ein quirliges Durcheinander von erlebnishungrigen Teenagern gewesen. Daß ein Gast seine Triebe nicht unter Kontrolle hatte und Liebesabenteuer bequem vor Ort suchte, war im Pauschalpreis nicht enthalten, sondern – wenn auch unerwünschte – Beigabe gewesen. Am nächsten Morgen war der ungebetene nächtliche Besucher, ein italienischer Gast des Hauses, bereits vor dem Frühstück abgereist, und die Jugendreiseleiterin hatte Nikis aufgeregten Bericht mit belustigtem Schmunzeln quittiert – eine Reaktion, die sie damals ausgesprochen wütend gemacht hatte. Erst viele Jahre später hatte auch sie die Komik des Vorfalls zugeben müssen. Schließlich: In welchem Land außer Italien bekam man den Verehrer frei Haus unters Bett geliefert, sozusagen »all inclusive«? – Ob dieser Service heute immer noch geboten wurde?

Während sie vor ihrem geistigen Auge die Freundin und diverse Bekanntschaften, Tanzpartner und Flirts dieser lange zurückliegenden Ferientage aufmarschieren ließ, wurde sie zusehends schläfriger. Sie beugte sich über die Bettkante nach unten – und ließ sich dann erleichtert zurücksinken. Unter diesem Bett hätte sich auch der dünnste Mann nicht verstecken können. Draußen graute langsam der frühe Morgen, aber das war egal. Niemand würde sie wecken, keine Schüler warteten auf sie, ebenso wenig warteten sonstige Pflichten auf sie. Und mit diesen beruhigenden Gedanken schlief sie endlich ein.

*

Als Niki aufwachte, war ihre erste Wahrnehmung ein ungewohntes Geräusch, das sie nicht gleich einordnen konnte: auf- und abschwellend, dazwischen ein lautes Klatschen – das alles in gleichmäßigem, andauerndem Rhythmus. Sie öffnete die Augen und versuchte sich zu erinnern. Richtig, sie war ja in Alassio. Also mußte das Rauschen vom Meer kommen. Sie sprang auf, tastete im Dämmerlicht nach dem Griff der grünen Klappläden und öffnete sie. Der Ausblick auf die grenzenlose Weite des Mittelmeeres überwältigte sie immer wieder – so wie beim allerersten Mal vor beinahe dreißig Jahren.

Die Sonne stand schon gut zwei Handbreit über dem Horizont – sie mußte lange geschlafen haben – und spiegelte sich auf dem Wasser als millionenfach über den Wellen tanzende glitzernde Lichtpunkte, die wie Atome in ständiger Bewegung waren und so einen pulsierenden Teppich bildeten. Nur die unregelmäßig gekräuselten Schaumlinien der sich brechenden Wellen unterbrachen in immer wieder neuen Formationen dieses gleichförmige Bild und verschafften dem Meer so etwas wie eine gerüschte Spitzenkante.

Die schmale Strandstraße vor dem Haus war noch naß vom nächtlichen Gewitterregen, und auf dem unregelmäßigen Natursteinbelag erinnerten einige Pfützen an das vergangene Unwetter.

34

Links von ihrem Fenster, halb verdeckt von den Wedeln einer großen Palme, schob sich die Mole ins türkisblaue Meer hinaus. Sie war um diese Stunde – es war kurz nach acht Uhr – schon recht belebt. Touristen nutzten die Morgenluft für einen kleinen Spaziergang, um sich von der frischen Brise umwehen zu lassen, ehe sie sich ihren anstrengenden Beschäftigungen wie Sonnenbaden, Schwimmen und Zeitunglesen widmen würden. Auf einer der zahlreichen Bänke saßen drei alte Männer, deren Angeln wie spitze Nadeln in den makellos hellblauen Himmel ragten, und hofften auf einen Fang.

Niki senkte den Blick auf den direkt vor der Residence liegenden Strand und die Badeanstalten. »Bagni Selin« mit grün-gelb gestreiften Liegestühlen und Sonnenschirmen, daneben »Bagni Lucia« mit rot-blauer Bestuhlung, gefolgt von »Bagni Ligure«. Niki trat hinaus auf den winzigen Balkon mit den zwei weißen Stühlen. Sie trug noch ihr Sleepshirt und war ungekämmt, aber es störte sie nicht. Niemand kannte sie hier, niemand beachtete sie – es war herrlich.

Soweit sie den Strand überblicken konnte, hatten sich die *bagnini*, die Bademeister, schon auf das Saisonende eingestellt. Mehr als drei, maximal vier Liegestuhlreihen waren nicht mehr zu sehen. In der Hochsaison, wenn die italienischen Familien den Strand dominierten, war das anders. Natürlich gab es auch in Alassio zwei Freistrände, an denen man kostenlos baden und in der Sonne liegen konnte. Aber sie lagen an den beiden äußersten Enden der weiten Bucht, wurden nur selten von Abfall und Unrat gesäubert und waren daher alles andere als attraktiv. Für Italiener absolut undenkbar, sich dort niederzulassen. Man ging in ein *bagno* und buchte dort für den gesamten Aufenthalt Sonnenschirme und Liegestühle für die ganze Familie. Diese typisch italienische Institution war für die italienischen Gäste so etwas wie das sommerliche Wohnzimmer. Die *bambini* spielten im Sand oder im sanft abfallenden Meerwasser, *mamma* strickte, häkelte oder unterhielt sich wort- und gestenreich mit Schwiegermutter und Schwestern, während *il papà* in aller Ruhe die Börsenberichte las. Nirgendwo ließ sich italienisches Familienleben besser und authentischer beobachten als hier. So mancher deutsche Gast vergaß das mitgebrachte Buch und verfolgte fasziniert die kostenlose Freilichtinszenierung. Ein *bagno*, das war italienische Lebensart pur!

Aber die meisten einheimischen Familien waren inzwischen zurückgekehrt zu ihrem Alltag in Mailand, Turin oder Genua, und so war nur wenig Betrieb in den Badeanstalten. Niki ging zurück ins Zimmer, sah Smarty, der schnarchend auf seiner Decke lag und keinerlei Anstalten machte, diesen Ort zu verlassen. Er riskierte nicht einmal einen Blick, offenbar wild entschlossen, ihre morgendlichen Aktivitäten zu ignorieren und so einer weiteren langen Autofahrt zu entgehen. Sie konnte den Hund verstehen. Sie selbst war am Vorabend total erschöpft ins Bett gefallen und hatte zuvor nicht einmal mehr Lust gehabt, sich das Appartement genauer zu betrachten. Das holte sie jetzt nach.

Die Farbe Weiß dominierte. Gardinen, Wände, Deckenpaneele, Türen sowie Einbauschränke und Regale waren in diesem lichten Ton gehalten. Lediglich Türgriffe, Fuß- und Schrankleisten und die Stühle waren schwarz abgesetzt. Unterhalb der Zimmerdecke zog sich eine Musterbordüre in verschiedenen Grautönen entlang. Der Boden war mit glatten Granitplatten in einem hellen, gesprenkelten Grauton belegt. Ebenfalls grau waren das Schlafsofa und der große Schlafsessel bezogen. Alles vermittelte den Eindruck von Sauberkeit und Frische. Vor diesem ruhigen Hintergrund würde sie ohne optische Ablenkung malen können. Niki sah in Gedanken schon ihre ersten farbenprächtigen Bilder vor den weißen Wänden. Die Küchenzeile war mit allen notwendigen Geräten ausgestattet. Es würde ihr Vergnügen bereiten, hier italienische Kochrezepte auszuprobieren. Einen Fernseher gab es auch, sogar mit deutschen Programmen, aber sie hatte nicht vor, die kostbare Zeit vor der Mattscheibe zu verbringen, wenn draußen das mediterrane Lebensgefühl wartete.

Und dem würde sie gleich jetzt entgegen laufen. Sie schlüpfte in ihre Joggingsachen, schnürte die Laufschuhe zu, legte dem widerstrebenden

Smarty unbeeindruckt seine Leine an und verließ mit ihm das Appartement. Bevor sie sich auf den Weg machte, warf sie noch einen Blick zurück auf die Residence Le Terrazze, die sie bei ihrer Ankunft gestern in der Dämmerung nur schemenhaft wahrgenommen hatte. Das Haus im typisch ligurischen Baustil war ziegelrot angestrichen mit hell ockerfarben abgesetzten Stuckverzierungen und machte seinem Namen alle Ehre. Auf jeder der vier Etagen befanden sich mehrere Terrassen in unterschiedlicher Größe und Ausstattung. Allen gemeinsam war der unverstellte Blick auf das Meer und die liebevolle Ausstattung mit mediterranen Pflanzen aller Art. Wer wollte, konnte jeden Tag der Woche auf einer anderen Terrasse verbringen. Nach wenigen Tagen sollte sie ihre Lieblingsterrasse gefunden haben. Sie befand sich auf dem Dach und war vom vierten Stock aus nur über eine eiserne Wendeltreppe zu erreichen. Hier oben konnte man sich absolut alleine fühlen – über die sie ebenfalls umgebenden Pflanzen konnte man nur noch das Mittelmeer sehen. Strand und Promenade waren den Blicken gänzlich entzogen. Nach den übrigen drei Seiten hin sah man nur rote Ziegeldächer und die grünen Ausläufer der Seealpen.

Sie ging jetzt durch eine Lücke zwischen zwei *bagni* zum Strand und begann westwärts in Richtung Laigueglia zu laufen. Smarty wollte zunächst nicht so recht, zu verlockend waren die vielen Gerüche und Spuren im Sand. Als er merkte, daß sie unerbittlich war, paßte er sich jedoch ihrem Tempo an und lief – leichtfüßiger als sie – neben ihr her. Bis zum Ende der Bucht und wieder zurück waren es gut vier Kilometer. Nicht viel, aber für den Anfang mußte es reichen.

Sie konnte sich nicht satt sehen an dem weiten Blau des Meeres, aber die eng geschlossene Strandfront der Häuser, die ihre bunten Fassaden wie Gesichter der Sonne entgegenzustrecken schienen, faszinierte sie mindestens ebenso. Waren ihre rückwärtigen Außenwände, die wegen der Enge der *carruggi*, dieser typisch ligurischen Gassen mit Bogengängen und ihren ständig sich verändernden Licht- und Schattenspielen, und der Höhe der mehrstöckigen Gebäude fast den ganzen

Tag im Schatten lagen, auch verwittert und im Sockelbereich dunkel von Moosbefall, so präsentierten sie hier ihre Schokoladenseite. Einige wenige strahlten in reinem Weiß, kühlem Hellblau oder zartem Grau, die überwiegende Zahl aber zeigte warme Farben in den unterschiedlichsten Schattierungen. Vom blassen Vanillegelb über Weizen- und Sonnengelb, Ocker, Muschelrosa bis zu kräftigem Terracottarot reichte die Palette – als hätte ein Maler seinen ganzen Ehrgeiz darauf verwandt, aus nur wenigen Grundfarben möglichst viele Mischtöne zu erzielen. Bunte Markisen flatterten im Wind, die Klappläden waren überwiegend dunkelgrün gestrichen, die eisernen Balkongeländer verschnörkelt, und an manchen Fassaden waren runde, bunt bemalte Keramikplatten eingelassen, die die Madonna mit dem Kind oder die Köpfe scheinbar wichtiger Personen – vielleicht die Erbauer – zeigten.

Manchmal hatte man in der Hauswand sogar eine kleine Nische ausgespart, in der eine Heiligenfigur ihren Platz gefunden hatte. Nahtlos in die Häuserreihe eingefügt stand die kleine Kirche Chiesa S. Anna mit ihrem ockerfarbenen Anstrich und einem großen Madonnengemälde an der dem Meer zugekehrten Außenwand. Niki fragte sich, wie oft das Fresko wohl restauriert wurde, da es trotz Wind und Salzluft in so prächtigen Farben leuchtete.

Nichts war gleichförmig, gleichfarbig, geplant in dieser Häuserfront. Wahrscheinlich lag darin gerade ihr besonderer Reiz. Das Auge huschte nicht unachtsam darüber hinweg, sondern entdeckte ständig neue Details. Der völlige Mangel an Perfektionismus hatte ein perfektes Bild geschaffen.

Als Niki eine Stunde später beim Frühstück saß, überlegte sie, wie lange sie wohl diese kleine Wohnung bewohnen würde. Sie hatte sich ausgerechnet, wenn sie sparsam lebte, könnte sie etwa vier Monate durchhalten; wenn es ihr gelänge, einige Bilder zu verkaufen, vielleicht gar ein halbes Jahr.

*

Die nächsten Tage verbrachte sie allerdings ausschließlich damit, es sich einfach gut gehen zu lassen. Allzu viele Jahre hatte sie unter dem Joch von Stundenplänen und der Dreifachbelastung durch Beruf, Haushalt und Mutterschaft gestanden. Es war wunderbar, Herrin über die eigene Zeit zu sein.

Da sie Frühaufsteherin war, saß sie oft schon vor sieben Uhr auf einer der zum Meer hin ausgerichteten Bänke der Strandpromenade und schaute den Bademeistern bei ihrer frühen Arbeit zu. Eigentlich waren die meisten um diese Zeit schon fast fertig. Für die Urlauber, die erst nach dem Frühstück, also um 10 Uhr oder später an den Strand kamen, mußte es so aussehen, als hätten diese gleichmäßig gebräunten und beinahe immer gut gelaunten Menschen ein beneidenswert faules Leben. Doch dieser Eindruck täuschte. Wie alle hier an der Küste, die vom Tourismus lebten, waren sie gewissenhafte und fleißige Arbeiter, die eben nur andere Dienstzeiten hatten. Wenn die Fremden sich noch einmal gemütlich im Bett umdrehten, beseitigten sie die Spuren, die Wind und Wellen in der Nacht auf dem Strand hinterlassen hatten. Wie Schrebergärtner, die kein Unkrautpflänzchen in ihrem kleinen Paradies duldeten, so penibel entfernten sie zerbrochene Muschelreste, Tang, Zigarettenkippen und ähnlichen Unrat mit kleinen Köchernetzen, durchzogen den Sand danach mit einem breiten Spezialrechen und glätteten ihn anschließend. Das sah so ordentlich aus, daß Niki jedesmal Hemmungen hatte, dieses Kunstwerk zu betreten, wenn sie mit Smarty morgens am Strand joggen wollte. Manchmal war sie aber auch nicht die erste, die das Idealbild vom durchgestylten Badestrand zerstörte, dann nämlich, wenn ihr die Möwen zuvorgekommen waren und auf der Suche nach etwas Freßbarem die glatte Fläche kreuz und quer mit unzähligen zierlichen Fußspuren durchzogen hatten, so daß der Sand wie ein Schnittmusterbogen aussah.

Jeder der *bagninos* war ein exzellenter Schwimmer und Mitglied der italienischen Lebensrettungsgesellschaft. Deren örtlicher Präsident war lange Jahre Walter Vigilante gewesen, der Bademeister der nach ihm benannten Strandanlage »Bagni Walter«, in der Niki und Holger, zunächst zu zweit und später auch mit der kleinen Christina, viele Sommerferien lang Stammgäste gewesen waren. »Walter Wachsam« – einen treffenderen Namen hätte man sich nicht für ihn denken können. Stets seinen Strandabschnitt und die Badenden im Blick, auch dann, wenn er während der heißen Mittagsstunden in seinem Regiestuhl zu dösen schien, war er sofort zur Stelle, wenn Hilfe gebraucht wurde. Und hätte ein Filmproduzent für ein neorealistisches Werk einen levantinischen Fischer gesucht, wäre dieser Naturbursche, der wie eine Mischung aus Lino Ventura und Anthony Quinn aussah und trotz seines Alters von geschätzten gut sechzig Jahren immer noch attraktive Männlichkeit ausstrahlte, die Idealbesetzung gewesen. Er hatte sie stets wie alte Bekannte begrüßt, Niki grundsätzlich mit »Madame« angesprochen und Holger eines Tages sogar seine Verdienstmedaille verehrt.

Sie hatten nie verstehen können, wieso die ansonsten sehr sympathische Hotelchefin mit unverhohlener Verachtung auf den Bademeister herabsah, und waren sehr traurig gewesen, als eines Ferienbeginns Walters Sohn Cesare ihnen den Tod seines Vaters mitgeteilt hatte.

Schon bei früherer Gelegenheit war Niki aufgefallen, daß es bei den Leuten vom Meer, die hier an der *fronte mare* ihr Geld verdienten, eine Art Kastensystem gab, wobei die Strandpromenade so etwas wie eine Grenze war. Diejenigen, die in der hinteren, höchst gelegenen Reihe arbeiteten, also die Hotel-, Restaurant- und Ladenbesitzer, zeichnete meist vornehme Blässe aus. Sie waren die angesehensten in der Gruppe. Weiter zum Strand hin standen Ansehen und Tönungsgrad der Haut in indirekter Proportionalität. Die zweite Stufe stellten die Gastronomen und Kioskbesitzer dar, die auf der Strandpromenade arbeiteten und deren Geschäftsadressen meist bessere Container waren, die im Winter verschlossen oder abtransportiert wurden.

Die dritte, stets sonnengebräunte Schicht waren die Besitzer beziehungsweise Pächter der *bagni*, der Badeanstalten. Ihr Arbeitsfeld lag gut zwei Meter tiefer als die Strandpromenade. Vielleicht mit Grund dafür, daß sie offensichtlich nicht den Status innehatten, der ihnen nach Nikis Meinung zugestanden hätte. Immerhin hielten sie den Strand, das eigentliche Kapital der Gemeinde, in Ordnung und sorgten für die Sicherheit der Badenden.

Und dann waren da noch als unterste Stufe – ihr Ansehen war gleich Null – die fliegenden Händler, meist aus Nordafrika, die den Badegästen Taschen, »echte« Gucci-, Rolex- oder Cartieruhren, Vuitton-Handtaschen, Badetücher und allerlei Krimskrams anboten. Sie waren Strandgut der Gesellschaft, an Italiens Küsten angeschwemmt und auf illegalen Handel spezialisiert. Auch wenn sie Niki – und wahrscheinlich den meisten anderen Strandbesuchern – vor allem in der Hochsaison auf den Geist gingen, weil es einfach zu viele waren, die, mehr oder weniger aufdringlich, beim Sonnenbaden störten, so bewunderte sie doch immer wieder die Flexibilität dieser armen Teufel. Nicht nur, daß sie den elementaren Wortschatz aller am Strand vertretenen Nationen beherrschten, nein, sie reagierten auch auf jeden Wetterumschwung mit einer Geschwindigkeit, die Respekt abnötigte. Wurde es plötzlich kalt, waren sie garantiert innerhalb einer halben Stunde mit warmen Pullis und Strickjacken unterwegs. Fielen erste Regentropfen, zauberten sie – kein Mensch wußte, woher! – Regenschirme hervor.

Alle diese Schichten pflegten eine friedliche Koexistenz. Noch nie hatte sie erlebt, daß ein Bademeister einen der fliegenden Händler verscheucht hätte. Aber sie schienen sich nicht zu vermischen oder zu befreunden. Jeder schien seine Stellung zu kennen und zu akzeptieren.

Genauso fleißig wie die *bagnini* waren die Ladenbesitzer. Schon vor Tage putzten und polierten sie die Schaufenster und Vitrinen ihrer Geschäfte, kehrten das unregelmäßige Pflaster und spritzten es mit Wasser ab, bevor sie dekorativ Kisten und Körbe mit Ausstellungsware vor ihren Türen aufbauten. Wenn dann erste Kundschaft kam, hatten sie schon über eine Stunde gearbeitet, saßen auf einem Stuhl vor dem Eingang und hatten den Plausch mit dem Kollegen von nebenan verdient.

Die Brötchenlieferanten, die Wäschereidienste, die die Hotels belieferten, die Fahrer der kleinen Elektroautos der Stadtreinigung genauso wie die Bäcker, die die köstlichen *dolci* und *baci* in winzig kleinen, heißen Backstuben im hinteren Bereich der Pasticcherias herstellten – sie alle arbeiteten, wenn die Touristen noch schliefen und sorgten dafür, daß diese für zwei oder drei Wochen ein sorgloses und komfortables Leben führen konnten.

Obwohl sie höchstens zwei oder drei Stunden täglich mit Sonnenbaden verbringen wollte, gönnte sich Niki den Luxus, am Bagni Lucia eine Liege mit Sonnenschirm zu mieten. Sie atmete genußvoll den Duftmix aus Sonnencremes und Salzluft ein und kostete intensiv das Gefühl ihrer neuen Freiheit aus.

Wie schon vor über zwei Jahrzehnten war hier am Strand immer noch Foto-Aldo unterwegs auf der Suche nach Pärchen, die sich von ihm für ihre späteren Kinder und Enkel verewigen lassen wollten. Da sich die Saison zu Ende neigte, waren seine Geschäftsaussichten jetzt eher trübe, aber das schien ihn nicht zu stören. In seiner makellos weißen Phantasieuniform und der Kapitänsmütze war er trotz seines unübersehbar fortgeschrittenen Alters immer noch eine gepflegte und auffallende Erscheinung. Und das schien ihm vollauf zu genügen.

Am späten Nachmittag oder frühen Abend, wenn die Sonne nicht mehr so brannte und die Palmen lange Schatten warfen, machte es Niki den Italienern nach und bummelte mit Smarty über den *Lungomare Angelo Ciccione*, Alassios prachtvolle Strandpromenade, nicht ohne sich vorher wie die Einheimischen herausgeputzt zu haben. Die nach einem langjährigen Bürgermeister des Ortes benannte Promenade war über zwei Kilometer lang, von Palmen, Pinien und Oleanderbäumen beschattet und mit zahlreichen Bänken ausgestattet. Ein bestimmtes Ziel hatten die hier Flanierenden nicht. Einzige Aufgabe war es, sich zu präsentieren, und das in möglichst attraktiver Verpackung. Zweitwichtigste Beschäftigung: anderen dabei zuschauen, wie diese sich präsentierten. So zweckfrei die Beschäftigung war, Niki bereitete sie stets aufs neue Vergnügen. Beim Bummel kam sie an verschiedenen

Zeitungsständen vorbei und registrierte dabei amüsiert, daß jede zweite Illustrierte mit einem in Folie eingeschweißten *regalo*, einem Geschenk, lockte. Es schien, als würde sich Gedrucktes hier nur mit kostenloser Beigabe verkaufen und bestätigte Nikis Vermutung, daß die erwachsenen Italiener im Grunde alle verspielte große Kinder waren.

Wenn sie genug hatte vom Auf- und Abgehen, nahm sie in einer der Bars oder in einem Café an der Strandstraße Platz, um sich bei einem *cappuccino* und täglich wechselnden Köstlichkeiten aus der Pasticceria erneut dem Betrachten der Passanten hinzugeben. Als sie vom Caffée Barusso aus im Schaufenster des Wäscheladens »A fior di pelle« das Schild *vendita promozionale* entdeckte, betrat sie den winzigen Eckladen, dessen Verkaufsraum kleiner war als jedes der beiden Schaufenster und kaum Platz bot für die provisorische Umkleidekabine, die nur aus einem halbrund aufgehängten Vorhang in der Ecke bestand. Sie erstand einen schicken, schwarz-weißen Bikini im Chanel-Stil. Der war, wie der durchkreuzte Preis auf dem Etikett verriet, einst sündhaft teuer gewesen, jetzt im Ausverkauf aber um mehr als die Hälfte reduziert. Während die Inhaberin das gute Stück sorgfältig in einer Designertüte verstaute und den Preis in die Kasse eintippte, betrachtete Niki möglichst unauffällig, aber fasziniert, den ausladenden Busen von Signora Antonella di Biscotti. Sie war eine schlanke Frau mit knabenhaft kurzem, dunklem Haar. Ihre üppigen Brüste standen in merkwürdigem Kontrast zu ihrem übrigen Äußeren, vor allem aber schienen sie von jeglicher Schwerkraft unbeeindruckt. Sie standen makellos waagerecht vom Körper ab, wie bei einer Marmorstatue. Ob die Natur es einfach besonders gut mit Antonella gemeint hatte oder ob sie selbst ihre beste Kundin war und von der exzellenten Auswahl an BHs in ihrem Geschäft profitierte, konnte Niki nicht beurteilen. Fest stand: ein besseres Aushängeschild für diese Schatzkammer feinster Dessous hätte man sich nicht denken können.

Nach dem Abendessen, das sie in ihrer kleinen Küche zubereitete, machte Niki meist einen weiteren Bummel, diesmal durch den *budello*.

Ins Deutsche übersetzt klang der Name gleich viel weniger malerisch. »Darm« hörte sich sogar ziemlich unappetitlich an, war aber in seiner bildlichen Aussage absolut treffend. Wenn zu abendlicher Stunde die Touristen diese enge Gasse bevölkerten, wurden sie tatsächlich wie Verdautes in einem Darm vorwärts geschoben.

Als Niki Alassio in alle Richtungen durchlaufen und sogar die inzwischen geschlossene »Villa Rosita« im alten Teil der Stadt wieder gefunden hatte, endlich überzeugt war, alle Geschäfte und Schaufenster inspiziert zu haben, die Namen großer Berühmtheiten wie Ernest Hemingway, Cocteau, Zarah Leander, Vittorio de Sica, Raf Vallone oder Woody Allen und vieler anderer aus der Literatur-, Kunst- und Filmwelt, die sich auf kleinen bunten Keramiktafeln am »Muretto«, dem Mäuerchen am legendären Café Roma, handschriftlich verewigt und so einen Hauch Hollywood und »Walk of Fame« in die kleine Stadt gebracht hatten, auswendig kannte, schließlich der ihr nun doch etwas eintönig erscheinenden Wohnung durch einen Topf pinkfarbener Begonien Farbe verliehen und ihren Pareo mit dem pinkfarbenen Hawaiimuster zur lässig gerafften Übergardine umfunktioniert hatte, zwei Hände voll Muscheln unterschiedlichster Formen, Farben und Größen gesammelt und dekorativ auf der Fensterbank verteilt hatte, und als Smarty, der inzwischen gut Freund mit Dottore Massimos Golden Retriever Arturo war, nicht mehr bei jedem Schritt zur Tür lief, um zu sehen, ob Herrchen kam, erinnerte sie sich, warum sie hierher gekommen war.

»Morgen«, sagte sie halblaut zu sich selbst, »morgen fange ich an mit dem Malen.«

III. Gente di mare

»Michele! - Luca!«

Die beiden Knaben, vielleicht sechs, sieben Jahre alt, drehten unbeirrt ihre Runden auf der Strandpromenade. Mindestens zehnmal hatten sie schon die Sandsteinbank umrundet, auf der sich Niki vor einer Stunde mit ihren Malsachen niedergelassen hatte. Auf den Knien hatte sie die Zeichenplatte mit dem aufgespannten Stück grauen Pastellkarton. Neben ihr lag aufgeklappt der Naturholzkasten mit der Schaumstoffeinlage, in deren länglichen Vertiefungen, sauber nach Farbgruppen geordnet, ihre besten Pastellkreiden gebettet lagen. Im Laufe der Jahre hatte sie ihren Bestand an Kreiden ständig erweitert und ergänzt – sie konnte einfach nicht widerstehen, wenn sie eine neue Farbe oder ein neues Sortiment entdeckte – und besaß nun einige hundert Exemplare in den unterschiedlichsten Farben, Formaten und Qualitäten. Viele Bilder hatte sie damit in den vergangenen Jahren gemalt. Manchmal hatte sie aber auch nur die Kästen geöffnet und ihre Schätze betrachtet. Einige Farben schienen gar nicht im Umfang abzunehmen, während andere, vor allem die Himmelblautöne, immer wieder ersetzt werden mußten. Auf die Reise mitgenommen hatte sie aber nur diese, ihre besten Pastellkreiden, die besonders weich und farbintensiv waren.

»Michele! Luca! Venite qua! Subito!«

Der kräftige Wind, der vom Meer herauf wehte, trug das energische Rufen der jungen Frau mit sich. Sie stand mit nackten Füßen im Sand, trug einen weißen Badeanzug und einen gemusterten Pareo um die Hüften geschlungen und gestikulierte lebhaft mit beiden Armen. Aber weder Luca noch Michele zeigten die geringste Reaktion, sondern setzten ihren Rundkurs ohne Unterbrechung fort. Einmal um die Steinbank, was wegen der dahinter wachsenden Büsche und Blumen schwierig war und das Tempo kurz drosselte, dann ein kurzes Stück die Strandpromenade entlang, um dann gleich hinter der nächsten Palme rechts abzubiegen, die zwei, drei Stufen hinunter auf die Strandstraße zu hüpfen und sich dann erneut auf den Weg zurück zum Ausgangspunkt zu machen.

Wieder näherten sich die beiden Jungen. Niki faßte reflexartig ihre Zeichenplatte fester, da passierte es. Luca – oder Michele? – erwischte im Vorbeisausen die überstehende Ecke des Kreidekastens, der zusammenklappte und sich gleich wieder öffnete, bevor er während des kurzen Falles seinen Inhalt auf die Natursteinplatten der Strandpromenade ausspuckte.

»Na super!«

If anything can go wrong, it will! Murphy's Gesetz! Die logische Weiterentwicklung der Theorie, wonach alle Teilchen des Universums bestrebt waren, sich in größtmöglicher Unordnung anzuordnen! Dagegen kam man nicht an!

Niki gab es auf. Das mit dem Malen würde heute nichts mehr werden. Sie kannte sich. Mit Wut im Bauch würde sie nichts Ordentliches zu Papier bringen. Immer noch verärgert sammelte sie ihre Pastellkreiden – besser: das, was davon übriggeblieben war – ein, verstaute die Bruchstücke im Kasten und packte die übrigen Malsachen zusammen. Als sie sich auf den Rückweg machte, erinnerte nur ein in allen Regenbogenfarben leuchtender Fleck auf der Strandpromenade an ihren ersten frustrierenden Auftritt hier als Malerin. Immerhin hatte sie so einen bleibenden Eindruck hinterlassen.

*

»Scusi, ma ho bisogno di un ...eh ... Cerco un ...«
Der freundliche Mann mit den grauen Schläfen und einem dichten Schnauzbart, der leicht als Zwillingsbruder von Guareschis Peppone durchgegangen wäre, schaute sie verbindlich lächelnd an und wartete.

Verdammt, warum hatte sie ihr Wörterbuch nicht mitgenommen? Wenn es heute schon nichts mit dem Malen werden sollte, wollte sie wenigstens das fehlende Malmaterial ergänzen. Sie hatte damit gerechnet, in einen Laden mit Selbstbedienung zu kommen, in dem alles offen in den Regalen ausgebreitet war. Ein Irrtum, wie sich jetzt zeigte. In dem Geschäft, das eher ein Kramladen war und das eine verwirrende Vielfalt an Schreibwaren, Künstlerbedarf, Lack- und Holzschutzfarben, Fotoalben und Ansichtspostkarten bot, mußte man wissen, was man wollte, sonst war man verloren.

Was um Himmels willen hieß bloß Pastellfixativ auf Italienisch? – Vielleicht konnte der nette Mensch ja besser Deutsch als sie Italienisch?

»Haben Sie etwas, um meine Pastellbilder zu fixieren?« versuchte sie es auf Deutsch. – Der Verkäufer schaute sie immer noch freundlich fragend an.

Niki legte die Kreiden, einen Pastellblock und die Bögen Zeichenkarton, die sie sich ausgesucht hatte, auf die Verkaufstheke und versuchte es mit Pantomime. Sie wedelte mit der Hand über den Block und machte dabei ein zischendes Geräusch. Ihre schauspielerische Einlage war ganz offensichtlich nicht sehr überzeugend und schien den Ladeninhaber in tiefe Ratlosigkeit zu stürzen. Er zog die Schultern hoch und zeigte ihr seine Handflächen – eine der vielen typisch italienischen Gesten. Diese verstand sie sogar: Er hatte keine Ahnung, was sie wollte!

»Penso, que la signora stia cercando un fissativo concentrato. Per pastelli. Véro?«

Niki drehte sich zu dem freundlichen Übersetzer um und blickte in tief blau leuchtende Augen, so blau, daß sie sich kaum losreißen konnte. *Azzurro* – das war alles, was ihr dazu einfiel. Erst nach einer Weile nahm sie das übrige Äußere des hilfsbereiten Dolmetschers wahr. Und das konnte mit den strahlenden Augen absolut mithalten.

Der Fremde war schlank, ein gutes Stück größer als sie und hatte leicht gebräunte Haut. Seine glatten, dunkelbraunen Haare waren etwas länger. Eine vorwitzige Strähne fiel ihm in die Stirn und gab ihm etwas jugendlich Draufgängerisches. Nur die kleinen Lachfältchen um die Augen verrieten, daß er dem Studentenalter entwachsen sein mußte. Kurz – vor Niki stand die Inkarnation heimlicher Frauenträume. Ein Mann wie aus der Männer Vogue! Dennoch wirkte er nicht eitel.

Durften Männer so schön sein? Und wieso eigentlich blaue Augen? Dann fielen ihr Botticellis zartgliedrige Gestalten mit ihrer hellen Haut, den rötlichblonden Haaren und den wasserhellen Augen ein. Warum dachte eigentlich jeder bei Italienern sofort an schwarze Haare und dunkle Augen? – Dieser hier hätte wahrscheinlich sogar mit grün-weiß-rot gestreiften Augen gut ausgesehen!

Der Fremde sah sie immer noch erwartungsvoll an. Sicher wunderte er sich, wieso sie ihn so anstarrte.

»*Si, grazie*«, sagte sie schließlich, immer noch geistesabwesend.

»*Non c´è di che.*«

Als Niki kurz darauf mit ihrer Tüte voll neu erworbener Maluntensilien – darunter auch eine Dose Pastellfixativ – den kleinen Laden verließ, meinte sie, die Augen des Fremden in ihrem Rücken zu spüren.

Sie unterdrückte den Wunsch, sich noch einmal umzudrehen. Wenn die Verhaltensforscher recht hatten und sich die meisten Menschen Partner mit etwa gleichem Attraktivitätsfaktor aussuchten, hätte sie bei diesem Mann sowieso keine Chancen gehabt. Da war sie ganz nüchterne Realistin. An guten Tagen, wenn sie mit sich und ihrem Äußeren im reinen war, hätte sie ihr Aussehen bestenfalls als »upper middleclass« definiert. Dieser schöne Unbekannte aber spielte eindeutig in der ersten Liga. Trotzdem ärgerte sie sich über die verpaßte Chance, ihn näher kennengelernt zu haben.

Niki war monogam. Und das ärgerte sie am allermeisten. Ihre Veranlagung erfüllte sie keineswegs mit Stolz oder gar Selbstgerechtigkeit. Ganz im Gegenteil. Sie empfand diese Prägung eher als einen Defekt, einen Mangel, der sie hinderte, ein aufregenderes Leben zu führen.

Mit einigem Erstaunen, mitunter auch mit Neid, verfolgte sie die Zickzackpfade ihrer Freundinnen aus dem Frauenclub »Funny Ladies«. Die trennten sich, verliebten sich neu und entliebten sich wenig später wieder, pflegten scheinbar mühelos mehrere Affären gleichzeitig, antworteten – »*just for fun!*« – auf Kontaktanzeigen, gerieten in immer neue Herzensverwicklungen, und hatten trotzdem noch Zeit zum Malen, Schreiben, Kabarett spielen, während sie selbst stur auf dem einmal gewählten Weg Richtung »Vertrocknen in Anstand und Sitte« blieb. Wie gerne hätte auch sie sich einmal gefühlsmäßig verheddert! Am liebsten mit dem Prachtexemplar von eben! Träumen war ja wohl noch erlaubt!

*

Die Frau fixiert den gutaussehenden Mann, der einige Tische weiter im Straßencafé sitzt, eine ganze Weile mit durchdringendem Blick. Der steht schließlich auf, kommt zu ihr und fragt: »Kennen wir uns?«
»Nein. Aber Sie sehen genau aus wie mein zweiter Mann.«
»Sie waren schon zweimal verheiratet?«
»Nein, bisher nur einmal.«
»O!«

Niki betrachtete die Leute, die im Café Balzola saßen, einen Espresso oder Campari vor sich, und überlegte, mit wem sie das Anbandelspielchen – eigentlich eher ein flaches Witzchen – gerne durchprobiert hätte.

Das Ergebnis war niederschmetternd. Keiner erschien ihr attraktiv genug, sich der Gefahr einer Blamage auszusetzen. Das lag sicher daran, daß sie nur nach dem überirdisch schönen Mann mit den blauen Augen Ausschau hielt. Auch wenn die ätherische Freundin aus dem Funny-Ladies-Quintett die Mitclubschwestern immer mal wieder belehrte »*Man kann sich auch in ein Hirn verlieben*«: Niki konnte ihr da nicht folgen. Hirn gehörte für sie in den Kopf, allenfalls noch – reine Geschmackssache! – auf den Teller. Im Schlafzimmer aber war es nicht unbedingt förderlich, wie sie aus eigener Erfahrung wußte. Wie oft hatte sie sich gewünscht, die Gedanken wie eine Lampe ausknipsen zu können, wenn ihr gerade in den entscheidenden Momenten Einkaufslisten, Titelzeilen oder Konferenztermine eingefallen waren.

Sie ließ wieder ihre Blicke schweifen und konnte sich nicht sattsehen an der lässigen Eleganz, mit der auch betagte Italienerinnen ihre nicht immer echten Designertaschen über dem Arm trugen, bewunderte einmal mehr die schier unzähligen Tragevarianten, die die einheimischen Jungmänner ihren Sonnenbrillen abtrotzten: am Hemdausschnitt, am Bande, auf dem Kopf, verkehrt herum am Hinterkopf, vor der Stirn (was einerseits ein Wunder an Schwerkraftüberwindung war, andererseits aber, wie Niki fand, extrem albern aussah), verfolgte das Treiben der *bambini*, die, in allerliebste Kleidung gehüllt, das Leben der Erwachsenen zu kopieren schienen und war einmal mehr überzeugt, daß das Handy – die Italiener nannten es *telefonino* (Telefönchen sagte alles über ihr liebevolles Verhältnis zu diesem Gebrauchsgegenstand) – für diese redefreudige Nation erfunden worden sein mußte. Obwohl der unsichtbare Gesprächspartner sie nicht sehen konnte, gestikulierten sie genauso temperamentvoll, als säße er ihnen gegenüber, wobei ihre Lautstärke das Mobiltelefon beinahe überflüssig machte.

»...*bisogno, signora?*«

Niki schreckte aus ihrer Betrachtung des Freilufttheaters auf, griff nach der Geldbörse und zahlte ihren Cappuccino, die leckeren *baci*, den *latte macchiato* und das Mineralwasser. Mehr hatte sie beim besten Willen nicht verkonsumieren können, zumal das Balzola schon ihre dritte Anlaufstation war.

Zwei lange Tage hatte sie in der Tokaj Bar, dem berühmten Café Roma, der Pasticcheria San Lorenzo und anderen einschlägigen Straßencafés von Alassio, an denen jeder irgendwann einmal vorbei mußte, verbracht, in der Hoffnung, der schöne Unbekannte möge ihr noch einmal begegnen. Jetzt zeigte sich, daß die Zeit vergeudet war. Zwar hatte es nicht an Kontaktversuchen italienischer Männer gefehlt – bei ihnen funktionierte im Gegensatz zu den meisten deutschen Männern der uralte Minnetrieb noch. Das schmeichelte ihr natürlich, obwohl sie ehrlicherweise zugeben mußte, daß die ungewohnte Aufmerksamkeit auch auf das Konto ihres vierbeinigen Begleiters ging. Smarty erwies sich als perfekte Flirthilfe.

»Que bello! C´è un Beagle?«

Was sonst? Sah ihr Hund etwa wie ein Bernhardiner aus?

Sie beschloß, nicht noch mehr ihrer kostbaren Zeit mit nutzlosen Gedanken an den schönen Unbekannten zu verschwenden. Morgen würde sie einen neuen Versuch starten, ein ordentliches Bild zu Papier zu bringen ...

*

Nachtblau, Kobalt, Ultramarin, Preußischblau, Coelinblau, Türkis, Zartblau, Cremeweiß, Reinweiß ... Niki, in Latzjeans und weißem Kurzarmshirt, saß wieder auf einer der Sandsteinbänke mit Blick auf das Meer und hatte die Pastellkreiden, die sie für ihr geplantes Bild – ein Quadrat, über das sich diagonal Wellen mit Schaumkronen zogen – benötigte, aus dem Kasten genommen und auf ihrer Zeichenplatte bereit gelegt. Den Kasten hatte sie sorgfältig verschlossen neben sich. Diesmal sollte ihr nicht wieder das gleiche Mißgeschick passieren!

Mit einem mittelblauen Pastellstift hatte sie den Verlauf der Wellen zart angedeutet und widmete sich nun der farbigen Ausarbeitung. Unterhalb der Gischtkronen begann sie mit dem dunkelsten Blau, welches sie nach unten hin immer heller werden ließ, bis es schließlich in den Wellentälern in ein ganz helles Türkis überging. Die Gischt würde sie erst ganz zum Schluß auftragen, indem sie mit einem Messer weiße Farbe von der Kreide abschaben, auf das Papier stäuben und mit dem neu erworbenen Spray fixieren würde.

Weit und breit kein Michele und auch kein Luca in Sicht. Entweder waren sie abgereist, oder sie hatten ihr Angriffsfeld auf einen anderen Strandabschnitt verlagert. Die Passanten, die in nicht endendem Strom über die Promenade schlenderten, störten sie nicht. Und auch, wenn der eine oder andere stehen blieb und ihr zusah, unterbrach sie ihre Arbeit nicht.

Nach einer halben Stunde konnte man schon erkennen, wie das fertige Bild aussehen würde. Niki war erleichtert. Es ging doch! Sie hob die Zeichenplatte etwas von sich, um den Gesamteindruck besser überprüfen zu können und vergaß dabei, daß sich noch drei Kreidestücke darauf befanden. Sie rollten auf sie zu, unter der erhobenen Platte durch und fielen auf die Steinplatten.

»Nicht schon wieder!« entfuhr es ihr, während sie sich nach den Kreiden bückte und dabei Besserwisser Murphy verwünschte.

»Ma-le-di-zione!«

Niki hörte eine ärgerliche Männerstimme über sich und blickte auf ein paar dunkelblaue Wildlederslipper, aus denen gebräunte Beine hervorlugten und in Jeanshosenbeinen wieder verschwanden. Einer der edlen Schuhe allerdings wies zwei verschiedene Blautöne auf! Die hellere Farbe stammte eindeutig von ihrer Pastellkreide.

Es war lächerlich, aber ihr fiel nur »Don't you step on my blue suede shoes!« ein. Sie war zwar nicht darauf getreten, vielmehr hatte der Schuhträger ihre Kreide zertreten; dennoch war ihr das Ganz peinlich: die Schuhe waren ruiniert. Niki kannte diese Eigenschaft der weichen Kreiden aus leidvoller eigener Erfahrung nur zu gut. Je mehr man wischte und rieb, desto größer und intensiver wurde der Fleck, bis er sich schließlich kaum noch entfernen ließ. Daß sie jetzt trotz besseren Wissens versuchte, die Farbe mit der bloßen Hand abzuwischen, war reine Reflexhandlung, aus schlechtem Gewissen geboren.

Ein schlanke braune Hand mit einem dünnen, schwarzen Lederband um die Knöchel legte sich auf die ihre und unterbrach so ihre sinnlosen Reinigungsversuche. Sie blickte auf und sah schon wieder

Blau – das schönste Blau auf Erden. Der Fremde aus dem Geschäft! Er war ebenfalls in die Hocke gegangen und befand sich nun mit ihr auf Augenhöhe, so daß sie jetzt auch die langen dunklen Wimpern sehen konnte, die seine Augen beschatteten.

»*Il fissativo!*« sagte er mit einem breiten Grinsen.

»*Mi dispiace tanto, ma...*« begann Niki, aber er unterbrach sie: »*Ciao, sono Ricardo. Come si chiama?*« und streckte ihr die Hand hin.

Sie erwiderte den Händedruck.

»Niki.«

»*Lei è tedesca, vèro?*«

»*Si.*«

Er lächelte sie freundlich an.

»Sie haben sich einen schlechten Platz zum Malen ausgesucht. Zu viele Leute. Vielleicht besuchen Sie mich mal in meinem Atelier?«

»Sie sind Maler?«

»*Si.* In Bussana Vecchia. Ich bin in Alassio, weil einige meiner Bilder hier in der Little Gallery ausgestellt sind. Moment, ich gebe Ihnen eine Karte mit meiner Adresse.«

Er reichte ihr eine schlichte, weiße Visitenkarte mit dunkelblauer Schrift.

»Sie müssen mich besuchen. Und Sie müssen sich Bussana Vecchia anschauen – es ist etwas ganz Besonderes. Sie werden es lieben.«

»Danke. Vielleicht werde ich es mir in den nächsten Tagen wirklich mal ansehen.«

Niki wußte, sie würde es sich ganz bestimmt ansehen!

Sie verabschiedeten sich mit einem lockeren »*Ciao*«.

Sie sah der schlanken Gestalt in Blue Jeans, weißem Hemd und locker um die Schultern gelegten Pulli in Marineblau nach, bis sie zwischen den Menschengruppen auf der Promenade verschwunden war.

*

Kaum war der schöne Maler außer Sichtweite, packte Niki eilig ihre Sachen zusammen und machte sich auf zur Little Gallery in der Via Roma. Sie wollte sehen, welchem Malstil sich dieser Ricardo verschrieben hatte. Als sie die vier Stufen zu der Galerie hochgestiegen war und eintreten wollte, war die Tür verschlossen. Sie schaute auf ihre Armbanduhr: 12.10 Uhr.

Wieder einmal hatte sie total vergessen, daß in Italien – und vor allem im Sommer – die Uhren anders gingen als in Deutschland. Mittags war es zu heiß zum Arbeiten. Man machte eine ausgedehnte Mittagspause, oft bis halb vier, manchmal sogar noch länger, und ging ausgiebig essen, um anschließend bei einem Siestastündchen zu entspannen.

Trotzdem war Niki enttäuscht und versuchte, durch die Glasscheibe einen Blick auf die ausgestellten Bilder zu erhaschen. Wegen der Dunkelheit in dem kleinen Ausstellungsraum war nicht viel zu erkennen. Lediglich das große Bild, das auf einer Staffelei nahe der Tür stand, war gut zu sehen.

Es war quadratisch und zeigte die Rückenansicht von vier Männern, offenbar Fischern, die am Strand die Netze reparierten oder kontrollierten. Vielleicht schauten sie sich auch an, was sie in ihren Netzen gefangen hatten. Genau war das nicht zu erkennen. Die Gestalten hoben sich als dunkle Silhouetten vom im frühen Morgenlicht glitzernden Meer ab. Dieses wunderbar helle Licht, wie es nur kurz vor oder nach Sonnenaufgang am Meer erschien, war das eigentlich Aufsehenerregende. Es zog den Betrachter wie magisch scheinbar in die Tiefe des Bildes hinein.

Ein kleines Schild am unteren Bildrand nannte den Titel: »Gente di mare«. Die Leute vom Meer!

Niki konnte ihren Blick nicht losreißen von diesem wunderbaren Bild. Es schien all das zu verkörpern, was für sie seit Jahren ihr Traum von Italien war und was sie doch nie zutreffend genug hatte beschreiben können. Dem Maler war es gelungen, all das ohne Worte, »nur« mit Farben und Formen, auszudrücken. Niki war hingerissen.

Sie mußte mehr Bilder von diesem Maler sehen.
Sie mußte mehr von diesem Maler sehen.
Sie mußte diesen Maler sehen.
Sie mußte ...

Gerade, als sie sich leicht frustriert zum Gehen wenden wollte, entdeckte sie in einem kleinen Kasten neben der Tür einen Stapel Faltblätter zu der laufenden Ausstellung. Auf dem Deckblatt waren der Name des Malers und ein Stempel der Galerie zu sehen. Neugierig klappte sie den kleinen Prospekt auf. Dort waren drei Bilder – ein Blumenbild, eine Seelandschaft und eine Szene mit zwei Menschen bei der Lavendelernte abgedruckt. Viel mehr aber interessierte sie der kurze Text zur Person des Künstlers. Sie las:

Ricardo Pentini, 39 anni, è nato a Genova.
Ha frequentato l'Istituto d'Arte di Chiavari (GE).
Si esprime nel figurativo dedicandosi in particolare al paesaggio.
Numerose le sue personali e collettive dove ha ottenuto consenso di pubblico e di critica. Sue opere si trovano in collezioni private italiene e straniere.

Dann folgte eine Liste der wichtigsten Ausstellungen.

Niki versuchte, so gut sie konnte, den kurzen Text zu übersetzen: Pentini stammte aus Genua, wo er auch studiert hatte und war demnach ein erfolgreicher Künstler mit zahlreichen Ausstellungen und Bildverkäufen im In- und Ausland.

Am meisten aber interessierte sie die Altersangabe. Er war erst 39, also drei Jahre jünger als sie! Sah er auch jünger aus als sie? – Oder, schlimmer noch: Sah sie älter aus als er?

Bereits als Teenager hatte sie nie den Wunsch gehabt, möglichst schnell älter zu werden. Und ihren achtzehnten Geburtstag hatte sie geradezu als Katastrophe empfunden: keine »süße Siebzehn« mehr und damit unwiderruflich dem Alter entwachsen, in dem »man noch Träume«

hatte. Das Leben war vorbei! Selbst die Aussicht auf den bevorstehenden Erhalt des begehrten Führerscheins hatte sie an jenem verregneten und tränenreichen Wochentag damals nicht trösten können.

Darüber hinaus war sie stets ein Spätzünder gewesen, hatte die entscheidenden Schritte auf dem Weg zur Frau später als die meisten ihrer Freundinnen vollzogen; vielleicht mit ein Grund, warum viele sie erheblich jünger schätzten. Irgendwo hatte sie einmal gelesen, daß Frauen mit zunehmendem Alter immer mehr Zeit für ihr gutes Aussehen investieren mußten – und es lange Zeit auch geglaubt. Bis ihr irgendwann aufgegangen war, daß sich andere immer dann besonders deutlich zu ihren Gunsten verrechneten, wenn sie gar nicht viel an sich gemacht hatte und ganz unaufwendig – in Jeans, T-Shirt und Turnschuhen daherkam.

Sie schob die Gedanken beinahe trotzig beiseite. Konnte es ihr nicht völlig egal sein, daß dieser Fremde jünger war als sie?

IV. Bussana Vecchia

Kurz vor San Remo war Niki rechts abgebogen, hatte den Wagen erst durch das neue Bussana gelenkt und dann die halsbrecherisch engen Kurven hinauf zu dem berühmten Künstlerdorf gesteuert. Als sie schließlich vor sich die Silhouette von Bussana Vecchia mit dem charakteristischen Glockenturm erblickte, hatte sie das Gefühl, sich auf einer Zeitreise zu befinden. Über hundert Jahre waren seit dem schrecklichen Erdbeben im Jahre 1887 vergangen, aber von weitem wirkte der Ort immer noch wie eine Anhäufung verlassener Ruinen. Kaum zu glauben, daß dort wieder Menschen leben und arbeiten sollten!

Als der Maler ihr seine Visitenkarte überreicht und sie die Adresse gelesen hatte, war ihr der Name des Ortes irgendwie bekannt vorgekommen. Sie war sicher, ihn schon einmal gehört oder gelesen zu haben. Zurück in ihrer Wohnung, hatte sie gleich in ihren Reiseführern geblättert und schnell gefunden, wonach sie suchte: Bussana Vecchia, ein kleines Bergdorf zwischen Arma di Taggia und San Remo, von einem schweren Erdbeben fast vollständig zerstört, war über Jahrzehnte eine menschenleere Geisterstadt gewesen – überall zerborstenes Mauerwerk, eingestürzte Dachkuppeln, geknickte Säulen und Träger, lediglich von unzähligen Katzen bevölkert. Die Überlebenden der Katastrophe waren längst nach San Remo abgewandert oder lebten in Baracken außerhalb des Dorfes, von wo aus sie sieben Jahre später in das weiter im Tal liegende Nuova Bussana zogen. Das alte Bussana aber hatten sie aufgegeben, Wind, Regen und Plünderern überlassen. Italienische Filmregisseure verhalfen Bussana Vecchia noch einmal kurzzeitig für zweifelhaftem Ruhm, indem sie das mittelalterliche Trümmerdorf als Kulisse für historische Schinken entdeckten. Danach kehrte endgültig Stille ein – bis sich Anfang der sechziger Jahre ein buntes Künstlervölkchen auf dem Felsen niederließ, die Ruinen aus dem fast hundertjährigen Dornröschenschlaf erweckte und die alten, mittlerweile von Gestrüpp überwucherten Mauern allmählich mit neuem Leben erfüllte.

Die Häuserbesetzung wurde von den Behörden zunächst mit Argwohn betrachtet.

Aber die neuen Bewohner konnten sich auf ein altes italienisches Gesetz berufen, wonach derjenige, der ein verlassenes Haus besetzte, Bleiberecht dadurch erwarb, daß er eine Haustür anbrachte und diese abends stets abschloß.

Pionier war ein Turiner Töpfer namens Clizia gewesen. Er hatte den imaginären Zauber dieses verlassenen Ortes entdeckt, eine internationale Künstlerkolonie gegründet, die nach und nach Maler, Bildhauer, Töpfer, Musiker, Schriftsteller und andere kreative Menschen aus vielen Ländern dorthin lockte. Inzwischen hatte sich Bussana Vecchia – das alte Bussana – zu einer Touristenattraktion entwickelt, so daß auch die kommunale Verwaltung an einer Zwangsräumung nicht mehr interessiert sein konnte.

Aus dem Reiseführer wußte Niki, daß es im Dorf kaum Wendemöglichkeiten gab und hatte den Wagen deshalb vor dem Ortseingang am Straßenrand geparkt. Als sie jetzt die gewundene Straße entlang ging, bedauerte sie, wieder mal dem Prinzip »Schönheit vor Bequemlichkeit« gefolgt zu sein. Die rehbraunen Wildledersandaletten waren chic, aber für diese uneben gepflasterten Wege absolut ungeeignet. Sie hoffte, auf den Maler nicht allzu albern und eitel zu wirken.

Andererseits – verhielt sie sich nicht typisch italienisch? *Fare una bella figura* hieß schließlich das Credo eines jeden echten Italieners. Warum sollte nicht auch sie eine schöne Erscheinung in jeder Lage sein dürfen? Und die eleganten Riemchenschuhe paßten nun mal am besten zu ihrer Designerjeans und der hellblauen Seidenbluse mit den großen weißen Tupfen. Sie wußte, daß sie heute gut aussah. Wenn sie es jetzt noch schaffte, kurz vor Erreichen des Ateliers ihr wenig elegantes Humpeln in ein nonchalantes Schweben zu verwandeln ...

Als sie nach einer knappen Viertelstunde das Haus mit dem Schild

»Studio d'Arte« erreichte, hatte sie das Projekt »elegantes Auftreten« längst aufgegeben. Auf halbem Wege hatten sich die dünnen Lederriemen so in ihre Haut geschnitten, daß sie die Sandalen ausgezogen und um ihr Handgelenk gehängt hatte. Barfuß war sie weiter gegangen und lehnte sich gerade mit der linken Hand an die Natursteinwand, um die Schuhe wieder überzustreifen, als sich die verwitterte Holztür öffnete. Der Künstler höchstselbst erschien im Türrahmen und betrachtete sichtlich amüsiert ihre Verrenkungen.

»*Madonna*, wie sehen denn Ihre Füße aus? Ich hätte Ihnen sagen müssen, wie uneben die Wege hier sind.«

Er schien in keinster Weise verwundert, sie zu sehen – so, als habe er fest mit ihrem baldigen Kommen gerechnet. Hatte er sie durchschaut, ihr Interesse an ihm bemerkt, obwohl sie nur wenige Worte miteinander gewechselt hatten?

Er wartete geduldig, bis sie sich in ihre Schuhe gequält hatte und gab dann den Eingang frei.

»*Prego*, treten Sie ein. Ich arbeite gerade an einem neuen Bild. Sie können mir gerne zuschauen.«

Erst jetzt registrierte Niki, daß er die ganze Zeit einen langstieligen Pinsel in der Rechten hielt. Er trug verwaschene Jeans und ein hellblaues Shirt. Kleine Farbspritzer darauf verrieten, daß es zu seiner Arbeitskleidung gehören mußte. Seine gepflegt wirkenden nackten Füße steckten in bequemen Sandalen. Niki kam sich in ihrem Designer-Outfit höchst deplaziert vor.

»Treten Sie nicht in die Farbkleckse! Es wäre schade um die schönen Schuhe.«

Er hatte es höflich besorgt und mit ernstem Gesichtsausdruck gesagt, aber seine Augen lachten dabei. Überhaupt schienen sie ein geheimnisvolles Eigenleben zu führen und alles, was er aussprach, durch stumme Ergänzungen zu kommentieren.

»Wieso sprechen Sie eigentlich so gut Deutsch?«

Die Frage hatte Niki schon seit der ersten Begegnung beschäftigt.

Er sprach praktisch fehlerfrei und mit kaum merklichem Akzent. Lediglich hin und wieder eingestreute italienische Worte verrieten seine Nationalität.

»Ich habe zwei Gastsemester in Deutschland verbracht – an der Kunstakademie in Düsseldorf. Da habe ich es gelernt.«

Aha!

Seine lächelnden Augen schienen zu ergänzen: *Die hübschen deutschen Studentinnen haben es mir beigebracht.* - Und sie hätte eine davon sein können! Anders als die meisten ihrer Klassenkameraden hatte sie kurz vor dem Abitur immer noch nicht genau gewußt, was sie studieren sollte. Die Anmeldepapiere für verschiedene Kunstakademien – Braunschweig, Mainz und eben auch Düsseldorf - waren ausgefüllt, aber noch nicht weggeschickt gewesen, die Mappe mit eigenen Arbeiten immerhin hatte sie fertig gehabt. Warum sie sich dann doch zusammen mit der Freundin an der Pädagogischen Hochschule in der nahen Stadt eingeschrieben hatte, für die Fächer Englisch und – immerhin – Kunst, konnte sie später selbst nicht mehr sagen. Waren es die zwei Probesemester gewesen, die sie abgeschreckt hatten? Oder die Angst, ganz alleine weit weg in eine fremde Großstadt zu ziehen? Waren es die Warnungen der Mutter bezüglich »brotlose Kunst« gewesen, die sie ihr heute noch verübelte? Sie wußte später nur, daß sie sich damals hundertprozentig falsch entschieden hatte.

Mehr als einmal hatte sie sich in der Vergangenheit gefragt, was aus ihr geworden wäre, wenn sie sich damals nicht so ängstlich und verzagt verhalten hätte. Wäre sie im räucherstäbchengeschwängerten Milieu einer Hippiekommune versunken? Eine Junge Wilde mit exzentrischem Freundeskreis in der Avantgarde geworden? – Oder einem italienischen Kunststudenten in seine Heimat gefolgt, fügte sie insgeheim hinzu. Auch diese Chance verpaßt!

Sie beneidete Ricardo darum, sich offensichtlich richtig entschieden zu haben.

»*Scusi*. Bitte halten Sie mich nicht für unhöflich, aber ich muß nur noch diese Partie zu Ende malen, ehe die Farbe antrocknet.«

Die weiß grundierte Leinwand war noch fast leer bis auf einige lokkere Skizzenstriche, die das spätere Motiv mehr erahnen als erkennen ließen. Einzig ein alter, knorriger Olivenbaum in der rechten Bildhälfte war schon farbig angelegt und glänzte feucht. Eine Bleistiftskizze war an die Staffelei geheftet und zeigte das Motiv des geplanten Bildes: einen Olivengarten mit Terrassen, die mit Bruchsteinmauern befestigt waren. – Niki hätte stundenlang zusehen können, wie Ricardo Pentini geschickt und zügig die cremigen Ölfarben auf der Palette vermischte und dem Laub hier noch ein silbriges, da noch ein dunkles Olivgrün zufügte, so daß die lanzettförmigen Blätter auf der Leinwand zu flirren schienen. Offenbar hatte er die Vorstellung des fertigen Bildes schon genau im Kopf, denn er machte kaum Pausen, schien sich absolut sicher zu sein.

Schließlich wischte er den Pinsel mit einem terpentingetränkten Lappen ab und legte ihn beiseite.

»*Basta*.. Jetzt brauche ich einen Espresso. Möchten sie auch einen?«

*

Als sie wenig später mit dem rabenschwarzen Minikaffee nebeneinander auf der Holzbank vor dem Studio saßen, beschattet von den zart gefiederten Blättern eines Mimosenbaums, fiel Nikis Blick auf die große, weiße Marmortafel an der Natursteinfassade des Hauses gegenüber, die an die bedauernswerten Menschen erinnerte, die bei dem Erdbeben ihr Leben verloren hatten. Sie las halblaut die Inschrift, wobei sie immer wieder Textstellen auslassen mußte, weil sie wegen des grellen Sonnenlichts nicht zu erkennen waren.

Nel triste giorno del 23 Febraio 1887 un unesto terremoto distrusse l'antico paese di Bussana e causo la morte di
(es folgten die Namen der Getöteten)
A perenne ricorda (o ?) gli amici di Bussana posero il 23 Febr. 19...?
LXXXIII ... Anniversario del disastro

Niki war froh, ein Gesprächsthema zu haben und bat Pentini um Hilfe. Er konnte den Text nicht nur auswendig aufsagen, sondern übersetzte ihn gleich auch ins Deutsche. Als er ihr anschließend noch einmal in Kurzform vom Erdbeben und seinen Folgen und danach mit ganz offensichtlicher Begeisterung von seiner Arbeit, seinem Leben hier und von seinen Künstlerfreunden erzählte, fühlte sich Niki so wohl wie schon lange nicht mehr. Er hatte eine überaus lebendige Art, Dinge zu beschreiben, wobei er wie alle Italiener nicht nur mit Worten, sondern auch mit den Händen redete. Seine Stimme hatte einen warmen, herzlichen Klang. Sie wünschte, er würde nie aufhören mit seinen Schilderungen.

»*Mi scusi.* Ich rede nur von mir. Jetzt sind Sie aber an der Reihe. Was machen Sie so allein in Alassio?«

Niki erzählte ihm, daß sie nicht ganz allein, sondern in vierbeiniger Begleitung, und nicht als typische Urlauberin, sondern zum Malen nach Italien gekommen sei. Nach einer halben Stunde wußte er, daß sie verheiratet, aber alleine in Italien war, wo sie in Alassio wohnte und daß sie länger bleiben würde, kannte ihren Beruf und ihr Alter. Das hatte sie unauffällig einfließen lassen, als Absicherung sozusagen, oder auch als Vorwarnung, aber es schien ihn nicht im geringsten zu interessieren.

Als sie irgendwann auf die Uhr sah, erschrak sie. Sie war viel länger geblieben als geplant, und die Rückfahrt über die kurvenreiche Küstenstraße würde mindestens eine gute Stunde dauern. Sie hatte Smarty total vergessen!

Sie bedankte sich für den Espresso und die nette Unterhaltung, entschuldigte sich für ihren abrupten Aufbruch mit Hinweis auf den Hund und reichte Ricardo zum Abschied die Hand.

Er erwiderte ihren Händedruck und ließ ihre Hand erst los, nachdem sie ihm versprochen hatte, ihm irgendwann einmal die Fotos ihrer Bilder zu zeigen.

*

Am selben Abend saß Niki vor dem Fernseher und verfolgte in RAI 1 eine lebhafte Fernsehshow – »Il gioco delle coppie«. Obwohl sie nur Satzfetzen verstand, erkannte sie gleich an den vertrauten Studiokulissen, daß es sich um die italienische Variante der auch zu Hause äußerst erfolgreichen Kuppelshow »Herzblatt« handeln mußte. Drei potentielle Partner mußten auf jeweils drei verschiedene Fragen, die ihnen eine durch eine Wand verborgene junge Dame stellte, möglichst originell antworten, und umgekehrt.

»Ich habe den Kilimandscharo bestiegen. Um das tun zu können, mußte ich mir einiges abgewöhnen. Kandidatin 1, was müßtest du dir unbedingt abgewöhnen?«

»... Rauchen, zu viel essen und trinken ..., aber sag'mal: Wer ist eigentlich dieser Kilimandscharo? Ich dachte, du stehst auf Frauen!«

Die frech-frivolen Dialoge des Geschlechterspiels ließen nicht unbedingt Rückschlüsse auf die Schlagfertigkeit der Kandidaten zu, sondern waren meist das Werk professioneller Gag-Schreiber, die verhindern sollten, daß die Bewerber um den Traumpartner mit Sprachlosigkeit glänzten. Der Beliebtheit der Show tat das Wissen um diese mediengerechte Aufarbeitung aber keinen Abbruch.

Der sicher auch in diesem italienischen TV-Ableger vorhandene Wortwitz der Aussagen und der Kommentare des »moderatore d'amore« entging Niki wegen mangelnder Sprachkenntnis, was ihr Vergnügen am Zuschauen aber in keiner Weise schmälerte. Es machte einfach Spaß, zu raten, für wen sich das Mädchen am Ende wohl entscheiden würde, und vor allem die Reaktion der Beiden zu sehen, wenn die Wand verschwand und sie sich zum ersten Mal Auge in Auge gegenüber standen. Kein Wunder, daß die Sendung überall sensationelle Einschaltquoten hatte, bediente sie doch eine uralte Sehnsucht der Menschen. Mochte auch die pure Lust an der Selbstdarstellung viele Bewerber vor die Fernsehkameras getrieben haben, so dürfte doch bei den meisten die allerdings in den seltensten Fällen erfüllte Hoffnung mitschwingen, auf diesem Weg dem Schicksal auf die Sprünge und sich selbst zum Super-Mega-Traumpartner zu verhelfen. Selbst wer sich jeden Abend ins Nachtleben stürzte und die ganze Welt bereiste, würde doch nur einen Bruchteil der möglichen Partner kennenlernen. Und war es nicht wirklich ein schrecklicher Gedanke? Irgendwo da draußen lief er ahnungslos herum, der optimal passende Mensch, auf den man sein halbes Leben lang gewartet hatte! Und man würde ihm nie begegnen!

Blind Dates hatten einen ganz besonderen Reiz. Niki dachte an Burkhard »Hardy«, den sie als Oberschülerin durch das Partnerspiel einer Colafirma kennengelernt hatte. Gleich in seinem ersten Brief hatte er mehrere Schwarzweißfotos mitgeschickt – er sah wirklich gut aus! – und sich als angehender Fotograf und Hobby-Rennfahrer vorgestellt. An eine ihrer Antworten des Fragebogens konnte sie sich noch genau erinnern: als größten Wunschtraum hatte sie damals eine

Reise nach Arizona zum Grand Canyon genannt. Aus unerfindlichen Gründen war es nie dazu gekommen, und sie hatte sich irgendwie als Versagerin gefühlt, als Hardy ihr vor Jahren ausgerechnet vom Grand Canyon eine Ansichtskarte geschickt hatte. – Während der ganzen Studienzeit und auch noch nach ihrer beider Verheiratung hielten sie schriftlichen Kontakt – er schrieb ganz reizende Briefe, aber zu einem persönlichen Treffen war es nie gekommen. Warum, wußte Niki heute nicht mehr. Vielleicht hatten sie beide Angst gehabt, den Zauber, den solche Brieffreundschaften oft besitzen, zu zerstören. Was Hardy wohl heute machte? Ob sein Eheglück länger gehalten hatte als ihres?

Niki hatte gerade die Hand nach ihrem Glas gekühlten Rosé ausgestreckt, als sie von lautem Krachen hinaus auf ihren kleinen Balkon gelockt wurde. Es dauerte ein, zwei Minuten, bis sie die Ursache für den Lärm ausmachen konnte. Über Laigueglia wurde ein Feuerwerk abgeschossen. Man hatte drei Tage lang irgendeine *sagra* gefeiert und setzte ihr mit diesem nächtlichen Spektakel einen funkelnden Höhepunkt.
Niki lehnte an dem Balkongeländer und betrachtete die zerberstenden Chrysanthemen, Phantasieblumen, Sterne und Palmen aus Feuerfunken, die jeweils für Sekunden das darunter liegende Küstenörtchen fast taghell erleuchteten. Dahinter, so kam es ihr spontan in den Sinn, rund vierzig Kilometer weiter in Richtung französische Grenze, lag Bussana Vecchia auf dem Hügel über San Remo. *Il sogno sulla collina* – der Traum auf dem Hügel – so nannten es die dort lebenden und arbeitenden Künstler. Und unwirklich wie ein Traum erschien es jetzt Niki, daß sie vor wenigen Stunden noch mit Ricardo Pentini vor seinem Atelier gesessen und geplaudert hatte. Hatte sie ein Date mit ihm? Immerhin hatte er den Wunsch geäußert, ihre Bilder zu sehen. Würde sie ihn jemals wiedersehen? Sie kannte ihren Stolz und wußte, sie würde nie den Mut aufbringen, unaufgefordert dorthin zurückzukehren...

V.   Der Sonne entgegen...

»Signora, una lettera per Lei.«

Dottore Massimo wedelte mit einem Umschlag, als Niki die gewölbte Eingangshalle der Residence betrat. Er war ein überaus charmanter Mann, schätzungsweise in den Fünfzigern, nicht allzu groß, aber mit immer noch dichtem, dunklem Haar und einem eleganten Schnurrbart.

Gleich am zweiten Tag nach ihrer Ankunft hatte er sie in einige Verwirrung gestürzt. Sie war an die Empfangstheke gekommen, um sich ihren Reisepaß wieder abzuholen, den sie am Abend vorher für die Anmeldung abgegeben hatte, als er sie mit einer Frage überfiel.

»Signora, möchten Sie nicht mal eine Massage zur Lockerung der verspannten Schultern nehmen? Nach der langen Autofahrt würde Ihnen das sicher guttun.«

Sah man ihr die Verspannung so deutlich an? Die Mutter hatte sie schon als Kind immer ermahnt: »Kind, halt´ dich gerade!«

Niki hatte die Preisliste für Kosmetikbehandlungen im Fahrstuhl gelesen und eigentlich keine Lust, ihr Budget, das immerhin für einige Monate reichen sollte, gleich zu Beginn durch so überflüssige Ausgaben zu dezimieren. Aber Dottore Masssimo pries die wohltuenden Wirkungen einer Ganzkörpermassage so überzeugend, daß sie schließlich einen Termin für den gleichen Abend eintragen ließ.

Erst danach ließ er die Katze aus dem Sack!

»Wir müssen das nicht in den Kabinen hier unten machen. Da ist manchmal soviel Unruhe. Ich werde zu Ihnen ins Appartement kommen. Handtücher und Körperöl bringe ich mit. Bis 18 Uhr dann.«

Er würde sie selbst massieren! In ihrem Appartement!

Niki fühlte sich überrumpelt, bemühte sich aber, ein gleichmütiges Gesicht zu machen.

»Ja, o.k., bis später dann.«

*

Eigentlich hatte sie den Nachmittag am Strand verbringen wollen, aber das Angebot des Dottore hatte sie aus der Fassung gebracht. Sie kannte den Mann doch kaum. Was, wenn er in ihr eine alleinstehende, liebestolle Singlefrau sah? Am liebsten hätte sie den Termin storniert. Aber dazu fehlte ihr dann doch der Mut.

Schon eine halbe Stunde vor der vereinbarten Zeit saß sie in ihrem neuen schwarz-weißen Bikini und dem alten Bademantel auf dem Ledersofa und harrte der Dinge. Der Dottore war auf die Minute pünktlich, breitete die flauschig weichen Frottiertücher über die Schlafcouch und zeigte ihr, wie sie sich legen sollte. Mit schnellem Griff öffnete er den Verschluß ihres Bikinioberteils und schob das Bikinihöschen runter, so daß hier Po halb frei lag.

Dann gab er etwas von dem angenehm duftenden Öl in seine Handflächen und begann, ihre Schultern zu massieren.

Smarty, der bis dahin ruhig auf seinem Platz verharrt hatte, schien die Situation mindestens eben so dubios zu sein finden wie sie. Er sprang mit einem Satz vom Schlafsessel, lief zu dem Masseur und hängte sich an dessen rechtes Bein! Die Bewegungen, die ihr ansonsten eher zurückhaltender Hund dabei ausführte, waren an Eindeutigkeit nicht zu übertreffen. Was immer die Beaglehündin in dieser Situation sah – sie wollte mitmachen! Es war einfach bizarr!

Als Smarty sich durch bloße Worte nicht bremsen ließ, stand Niki auf, um ihren vierbeinigen Bodyguard zurück auf den Sessel zu bringen. Dabei verlor sie das Badetuch, das sie sich vorgehalten hatte. Sie bemühte sich, es möglichst elegant aufzuheben und sich anschließend wieder formvollendet auf die Liege zu begeben, hatte aber den Verdacht, nicht sonderlich souverän dabei zu wirken.

Dottore Massimo setzte die Massage anschließend ungerührt fort. Sie brauchte eine ganze Weile, ehe sie sich entspannte, und dann tat es wirklich gut. Vielleicht war es nur Ergebnis ihrer nach tagelanger Abstinenz erhitzten Phantasie, aber während der ganzen Zeit hatte sie das unbestimmte Gefühl, daß es nur eines Winks, eines Zeichens von ihr bedurft hätte, aus der medizinischen eine erotische Aktion werden zu lassen.

Als sie nach fast einer Stunde ihren Wohltäter bezahlen wollte, legte er die Hand auf ihren Arm mit der Geldbörse und sagte:

»No, no, signora. Es war mir ein Vergnügen. Das ist ein Hobby von mir. Nehmen Sie es als Geschenk des Hauses. Jetzt können sie Ihren weiteren Aufenthalt doppelt relaxed genießen.«

Damit packte er seine Utensilien zusammen und verließ das Appartement.

Massieren war sein Hobby! ... Niki saß anschließend verwirrt und gleichzeitig erleichtert auf dem Sofa. Sie war anscheinend noch genauso naiv wie vor zwanzig Jahren! Das Landei in ihr war offenbar noch nicht ausgemerzt! Diesmal kein fremder Mann unter dem Bett, sondern beinahe in ihrem Bett!

*

Nach der intimen Einlage war Dottore Massimo wieder zu der unverbindlichen Freundlichkeit des Direktors zurückkehrt, ganz vollendeter Gentleman.

Als er ihr jetzt den Brief aushändigte, blitzten seine Augen allerdings komplizenhaft. Ganz offensichtlich bereitet es ihm Freude, Überbringer der ersten Post, die sie hier erhielt, zu sein. Wahrscheinlich witterte er ein amouröses Abenteuer dieses weiblichen Gastes. Ob er bedauerte, die Gelegenheit nicht besser genutzt zu haben? Vielleicht war die Deutsche ja gar nicht so spröde, wie sie zunächst gewirkt hatte?

Mit dem geheimnisvollen Brief in der Hand machte sich Niki auf den Weg nach oben. Wie an den Tagen zuvor ignorierte sie auch heute den Lift und nahm die Treppe in den zweiten Stock. Inzwischen hatten es die Hausangestellten aufgegeben, sie von den Vorzügen des Aufzugs überzeugen zu wollen. Wahrscheinlich war sie in ihren

Augen *la stupida tedesca* – die Frau, die zu Fuß ging, wo man doch fahren konnte!

An der Türklinke zum Appartement 209 hing schon die Tüte mit der *Frankfurter Allgemeinen* und den beiden noch warmen Croissants, ein Service des Hauses, der ihr jeden Morgen das Gefühl gab, ein besonders willkommener Gast zu sein. Inzwischen schaffte sie es auch, die Tüte so schnell vom Türgriff zu nehmen und sofort hochzuhalten, daß sie außerhalb Smartys Reichweite kam. Am ersten Morgen war sie zu langsam gewesen und hatte nur noch die Zeitung retten können, während die köstlichen, puderzuckerbestäubten Backwaren Opfer des gierigen Hundes geworden waren.

In ihrem Appartement füllte sie Smartys Napf mit frischem Wasser, setzte Teewasser auf und legte den Brief auf den bereits vor dem Joggen gedeckten Frühstückstisch. Obwohl sie kaum erwarten konnte, ihn zu öffnen, beschloß sie, zuerst zu duschen und ihn später beim Frühstück zu lesen. Christina hätte jetzt wahrscheinlich den Kopf geschüttelt und nicht verstanden, warum die Mutter die Spannung scheinbar unnötig verlängerte. Sie dagegen – auch hier ganz Meisterin der kleinen Glücksmomente - zelebrierte mit Vorliebe solche Verzögerungen, um ihrem ansonsten eher unaufregenden Leben ein wenig Würze und einen kleinen Hauch von Überraschung zu verleihen.

Auch heute dehnte sie die Zeit bis zur Auflösung der Erwartung, so lang es ging. Das Duschbad war herrlich erfrischend nach dem fast einstündigen Morgenlauf! Sorgfältig verteilte sie anschließend Körperlotion auf der jetzt rosigen Haut, sprühte noch einen Hauch Dolce & Gabbana „Light Blue" auf Dekolleté und Haare, schlüpfte in ihren rosa Puschelbademantel und ging zur Kochnische, um das brodelnde Wasser vom Herd zu nehmen und den Earl Grey aufzugießen. Nicht sehr italienisch, aber Cappuccino und Espresso hob sie sich lieber für den Rest des Tages auf. Sie stellte die Teekanne neben dem Körbchen mit den Croissants auf dem kleinen runden Tisch ab, ging weiter und öffnete die Tür zu dem schmalen Balkon mit seinem verschnörkelten Eisengeländer, welches den Blick auf das Meer ermöglichte. Ob man dieser Aussicht jemals überdrüssig werden konnte?

Danach fiel ihr beim besten Willen keine weitere Verzögerungstaktik mehr ein. Sie setzte sich und nahm den hellblauen Umschlag in die Hand. Natürlich hatte sie direkt gesehen, daß der Brief ohne Briefmarke war. Das hieß, er mußte persönlich abgegeben worden sein. Das hieß auch, daß Dottore Massimo den Überbringer gesehen haben mußte. Hatte er sie deshalb so merkwürdig angeschaut? Da sie nur einer Person erzählt hatte, daß sie hier in dieser Residence wohnte, glaubte sie – nein, hoffte sie - zu wissen, von wem der Brief war. Sie schlitzte den Umschlag säuberlich mit dem Messer auf, zog den einmal in der Mitte gefalteten Bogen Papier heraus und las:

Cara Niki,
unsere Unterhaltung gestern hat mir sehr gefallen. Ich würde gerne die Fotos Ihrer Bilder sehen und möchte Sie zu einem kleinen Abendessen bei mir einladen, wenn Sie möchten, heute um 18.30 Uhr?
Ich würde mich freuen, wenn Sie kommen könnten. Ihren Hund können Sie natürlich mitbringen.

Cordiali saluti,

Ricardo P.

Also doch! Ihre Intuition bezüglich des Absenders hatte sie nicht getäuscht. Mit einer Einladung hatte sie allerdings nicht gerechnet. Schon gar nicht mit einer Einladung in Ricardos Atelier. Während sie geistesabwesend Tee in die Tasse goß, schwirrten ihr alle möglichen Fragen durch den Kopf. Zuallererst: Was wollte er mit dieser Einladung bezwecken? Die Antwort darauf gab sie sich gleich selbst: Sie war eine erwachsene Frau und kein naiver Teenager mehr. Und Ricardo Pentini war ein Mann und noch dazu Italiener. Wozu also die Frage? Ganz klar, er würde versuchen, sie zu verführen!

Für sie keine One-night-stands! Sollte sie ihrem bisher – manchmal gegen ihre geheimsten Wünsche – eingehaltenen Prinzip treu bleiben? Schickte es sich, der Einladung trotz der eindeutigen Prognose zu folgen? Auch dies eine überflüssige Frage. Niemand war da, der sie deswegen verurteilen oder tadeln konnte. Blieb die entscheidende Frage: Wollte sie zu Ricardo fahren? – Ja, ja, ja!

*

Die Zeit bis zum Nachmittag verbrachte sie damit, sich den Verlauf des Abends vorzustellen und vor dem großen Spiegel im Vorraum verschiedene Outfits anzuprobieren. Auf keinen Fall wollte sie overdressed wirken. Ricardo Pentini sollte nicht merken, daß sie gemerkt hatte, daß sie ahnte ... Andererseits wollte sie natürlich so attraktiv wie irgend möglich aussehen und zeigen, daß sie nicht permanent in Latzhosen rumlief.

Als sie um 16.00 Uhr die Wohnungstür abschloß, trug sie ihr schlichtes weißes Leinenkleid, das ihre gebräunten, dank regelmäßigen Hanteltrainings immer noch festen Oberarme bestens zur Geltung brachte, dazu – wegen der unebenen Wege in Bussana Vecchia – flache weiße Supergas. Um die Taille hatte sie ihren blauen Kaschmirpulli geschlungen, falls es später am Abend kühl werden würde. In der geräumigen hellblauen Segeltuchtasche, die sie über die Schulter gehängt hatte, befand sich neben ihrer Brieftasche, der Geldbörse und den Schminksachen der kleine selbstgemachte Ausstellungskatalog mit Abbildungen ihrer Bilder. Schließlich hatte Pentini ausdrücklich darum gebeten und sie war ihm insgeheim dankbar für dieses großzügig vorgefertigte Alibi. Eigentlich hatte sie auch eine Flasche Rotwein mitnehmen wollen, sich dann aber anders entschieden. Einem Italiener Rotwein zu schenken wäre ihr fast wie eine Beleidigung vorgekommen.

Es war noch immer sehr warm, aber vom Meer wehte eine frische

Brise heran. Entgegen ihrer ursprünglichen Absicht hatte sie das Verdeck ihres Wagens doch geöffnet. Sollten die Haare ruhig etwas verweht aussehen ... Aber das Wetter war einfach zu schön. Sie nahm nicht die Autobahn, sondern fuhr in gemäßigtem Tempo auf der Via Aurelia Richtung Westen.

Die Sonne schien beinahe waagerecht durch die Windschutzscheibe und blendete, trotz der Sonnenbrille, die sie aufgesetzt hatte, ihre Augen. Eine leichte Brise, die vom Meer kam, brachte nicht nur den Geruch von Salz und Tang, sondern auch angenehme Kühlung in den Wagen.

Niki schaute kurz zu Smarty hinüber, der mit halb geschlossenen Augen die feuchte Schnauze in den Fahrtwind reckte und ganz offensichtlich den Ausflug genoß. Sie hatte überlegt, ihn in der gewohnten Umgebung im Appartement zu lassen, dann in letzter Minute doch anders entschieden. Was, wenn er mal raus mußte? Was, wenn er anhaltend zu bellen anfing? Was, wenn sie länger als geplant – so lange wie gehofft bleiben würde ...?

Sie konzentrierte sich wieder auf das Lenkrad ihres kleinen Silberflitzers. Sie liebte diesen Wagen. Weder als Schülerin noch als Studentin hatte sie ein eigenes Auto besessen. Für die meisten Jugendlichen zählte ein eigenes, wenn auch vielleicht altes Gefährt heutzutage zu den selbstverständlichen Gebrauchsgütern. Aber selbst nach dem Studium und sogar nach Christinas Geburt hatte sie sich stets mit Holger arrangiert. Da er seine Dienststelle bequem mit dem Bus erreichen konnte, hatten sie jahrelang keine Notwendigkeit im Besitz eines Zweitwagens gesehen. Bis sie eines Morgens in der Tageszeitung dieses Modell gesehen und sich auf der Stelle verliebt hatte. Von dieser Minute an hatte sie, der das verdiente Geld immer durch die Finger geronnen war, gespart wie noch nie zuvor. Als sie ihr Traumauto nach fast zwei Jahren zum ersten Mal alleine auf einer Buchenallee offen fuhr und sich die Melodie ihrer Lieblingssongs mit dem Vogelgezwitscher draußen vermischte, hatte sie gewußt, daß Besitz sehr wohl glücklich machen konnte.

Insgeheim nannte sie es ihr Fluchtauto, weil es ihr das Gefühl gab, jederzeit allem und jedem Unangenehmen entfliehen zu können.

So wie jetzt! Alleine mit sich und ihren Gedanken. Sie kam sich vor wie in einem dieser romantischen Fernsehfilme – zuckersüß wie Petit fours, die weniger Handlung als sentimentale Stimmungen transportierten. Aber ab und zu brauchte ihre Seele eine Dosis Süße! Dann war das Leben schön.

Dieser Tag heute war kein Glücksgefühl aus zweiter Hand, sondern »reality«. Sie war es, die – völlig frei und ohne Erklärungsnot – unterwegs war zu einer Verabredung mit einem attraktiven Mann! Sie war die Filmheldin, die im offenen Roadster dem Sonnenuntergang entgegen fuhr! »Lucy Jordan« alias Niki Hausman-Klein hatte es, wenn auch mit fast fünf Jahren Verspätung, doch noch geschafft ...

VI. »Dream on a hill«

Als Niki in Bussana Vecchia ankam und auf die Uhr blickte, stellte sie fest, daß sie noch etwas zu früh war. Sie parkte den Wagen wieder vor dem Ortseingang am unbefestigten Straßenrand, nahm Smarty bei der Leine und schlenderte bewußt langsam den Weg entlang. Beim ersten Besuch war sie mit den Gedanken an den Maler und der Erwartung, sein Atelier sehen zu können, so beschäftigt gewesen, daß sie kaum Augen für den Rest des Künstlerdorfs gehabt hatte. Jetzt aber ließ sie das Studio d´Arte links liegen und schlenderte zuerst die verwinkelten Gassen hinauf, um sich die verfallene Kirche aus der Nähe anzuschauen. Sie nahm sich Zeit, durch die kleinen Fenster ins Innere der jetzt geschlossenen Ateliers und Galerien zu spähen. Auf der Treppe vor einer der Galerien entdeckte sie die lebensgroße Plastik einer sitzenden Gestalt, die ein faltenreiches, weißes Gewand trug, welches den Kopf umhüllte und bis zum Boden reichte – fast wie eine Pietà. Was aber höchst verstörend wirkte, war die Tatsache, daß man dort, wo eigentlich das Gesicht sein müßte, ins Nichts blickte! Obwohl die Umrisse eines Menschen zu erkennen waren, handelte es sich nur um eine leere Hülle!

So habe ich mich in den letzten Jahren gefühlt, dachte Niki. Äußerlich unverändert, aber innen leer und leblos.

Ob sich das hier im Land ihrer Sehnsucht ändern würde ...?

»Il sogno sulla collina« – welch ein verheißungsvoller Name! Könnte es nicht auch ihr Traum auf dem Hügel werden?

*

Als sie eine halbe Stunde später an der »Osteria degli Artisti« vorbei ihrem Rendezvous zusteuerte, wartete Ricardo bereits vor der Tür auf sie. Wie lange er wohl schon auf der kleinen Steinmauer gesessen hatte?

Ob er sicher gewesen war, sie würde seiner Einladung folgen? Immerhin hatten sie ja keinerlei telefonischen Kontakt gehabt.

Ricardo erhob sich und kam ihr einige Schritte entgegen.

»Wie schön, daß Sie gekommen sind!«

Hörte sie da Erleichterung in seiner Stimme? Konnte es irgendeine Frau geben, die einer Einladung dieses wundervollen Mannes nicht mit Freuden folgen würde?

»Darf ich Ihnen etwas abnehmen? – Sie wissen, es ist ziemlich uneben hier.«

Ohne ihre Antwort abzuwarten, nahm er die Hundeleine und ging mit Smarty ins Haus. Sie folgte ihm stumm und kam sich dabei mehr als dämlich vor. Alles, was sie in Gedanken als mögliche Begrüßung durchgespielt hatte, war vergessen. Er mußte sie für reichlich beschränkt halten, wenn ihr nicht bald ein sinnvoller Satz einfiel. Aber sie war fasziniert von der schlanken, hochgewachsenen Gestalt, die mit sicherem Schritt die Tür am Ende des kurzen Flurs mit den unverputzten Natursteinwänden ansteuerte. Sie meinte, sich noch ziemlich genau erinnern zu können, daß sein Atelier – eine Mischung aus Arbeits- und Wohnraum – gleich hinter der ersten Tür rechts lag.

»Bitte, *signora*. Treten Sie ein.«

Ricardo gab die Tür frei, und sie betrat einen kleinen, lichtdurchfluteten Raum, den sie beim letzten Besuch nicht gesehen hatte. Die Wände waren weiß gekalkt und bildeten so einen idealen Hintergrund für die ungerahmten Ölbilder, allesamt Arbeiten von Ricardo, wie sie mit einem schnellen Blick auf die charakteristische Signatur erkannte.

»Darf ich mir die Bilder anschauen?«

Ricardo strahlte sie an, und augenblicklich wurde es noch heller im Raum. So jedenfalls kam es ihr vor.

»*Ma certo*. Die Bilder in diesem Zimmer sind mein Privateigentum. Ich will sie nicht verkaufen. Sie gehören zu diesem Haus wie die Möbel. Deshalb zeige ich sie auch nie bei Ausstellungen. Die Besucher sind immer enttäuscht, wenn sie sich in ein bestimmtes Bild verlieben und dann hören, daß es nicht verkäuflich ist.«

Fast alle Gemälde in dem kleinen Ausstellungsraum zeigten Blumen, aber nicht zart, detailverliebt bis in die kleinste Blattader, sondern mit kraftvollen Pinselstrichen auf die Leinwände gebannt. Jedes Bild leuchtete beinahe monochrom in einer bestimmten Farbe: sonnengelbe Wasserfälle von Mimosen schienen fast über den Rand der Leinwand quellen zu wollen, Hortensienbälle in allen erdenklichen Blautönen überrollten die Bildfläche, ein weiteres Bild flirrte in unzähligen Lila- und Violettfarben – ein Lavendelfeld! Niki war begeistert.

Wer meinte, Blumen seien typische Sujets für weibliche Maler, der hatte diese Bilder noch nicht gesehen. Konnte sie dem Künstler wirklich die Fotos ihrer eigenen Bilder zeigen? Pentini hatte unübersehbar seinen ganz persönlichen Malstil gefunden. Sie hingegen experimentierte noch mit den unterschiedlichsten Techniken, Motiven und Farben. Immerhin malte sie inzwischen, was sie wollte, und nicht länger nur das, was sie konnte. Das Problem war nur: Sie wollte immer wieder etwas anderes. Das Gefühl, immer noch nicht über das Stadium einer leidlich begabten Hobbymalerin hinaus gekommen zu sein, nagte an ihrem Selbstbewußtsein. Und ganz besonders dann, wenn sie mit den Werken eines Könners konfrontiert war wie jetzt.

»Ihre Bilder sind einfach wundervoll.«

»Vielen Dank. Alle Blumen, die sie zeigen, wachsen hier in Bussana. Viele davon habe ich selbst gepflanzt.«

Hatte dieser Mensch eigentlich gar keine Fehler? – Ein Mann, der Blumen pflanzte und so liebte, daß er sie malen mußte – fast wie Monet in seinem Traumgarten in Giverny! Dreimal hatte sie dieses Malerparadies besucht und es jedes Mal neu und jedes Mal anders erlebt. Daß es so jemand noch mal in Wirklichkeit gab...! Schon zwei Vorlieben, die sie ganz offensichtlich teilten! Warum war sie ihm nicht früher begegnet? Sie wußte nicht, was sie lieber anschauen wollte – die phantastischen Blumenbilder oder den Künstler.

»Darf ich Ihnen einen Martini oder Campari anbieten? Oder möchten Sie lieber einen Prosecco?«

Endlich eine Gelegenheit, etwas Originelles zu sagen! Vor der Reise hatte sie noch einmal ihre Italienischkenntnisse aufgefrischt, wobei eine Redewendung ihr Probleme bereitet hatte, so daß sie sie wieder und wieder repetiert hatte.

»Più di tutto mi piacerebbe un Martini bianco on the rocks, per favore.«

Sie hatte die Worte so schnell herunter gesagt, daß man sofort hörte, daß sie den Satz auswendig gelernt hatte.

Da war er wieder, dieser amüsierte Blick, den sie bereits von ihrem ersten Besuch kannte.

»Con olive? Shaken or stirred?«

Wo hatte sie noch gelesen, daß die meisten Frauen laut Umfrage als wichtigste Eigenschaft eines Mannes Sinn für Humor nannten? Ricardo Pentini hatte offenbar eine ganze Menge davon. –

»No. Solo con ghiaccio. Grazie.«

»Ich bin gleich zurück.«

Während er den Raum verließ, um die Getränke zu holen, schaute sie sich die weiteren Bilder an. Aus der Nähe konnte man sehen, daß die Farben keine glatte Oberfläche bildeten, sondern teilweise plastisch auf dem Untergrund saßen. Offensichtlich hatte Ricardo Pentini nicht nur mit Pinseln, sondern auch mit dem Spachtel gearbeitet. Sicher mit ein Grund, warum die Bilder so lebendig, beinahe dreidimensional wirkten.

»Ecco. Due Martini bianco.«

Als er ihr das Glas mit der blaßgelben Flüssigkeit reichte, klirrten die Eiswürfel leise aneinander und bildeten Schlieren im Getränk – fast wie die Farben des Abendhimmels, den sie unterwegs hierher so bewundert hatte. Die ganze Situation hatte etwas höchst Unwirkliches. Hier stand sie, die Lehrerin und Ausreißerin Veronika Hausman-Klein, alias Niki, kein junges Mädchen mehr, mit einem blendend aussehenden Italiener in seiner Galerie auf einem verzauberten Malerberg und trank Martini mit Eiswürfeln. Und niemand würde ihr sagen, daß Eiswürfel in Italien gefährlich, weil voller Bakterien seien. – Oder, daß schöne Italiener an sich eine Gefahr für jede Frau darstellten. –

»Salute.«

Als sich die beiden Gläser mit leisem Klingen berührten, schaute ihr Ricardo in die Augen, vielleicht ein, zwei Sekunden länger, als dies Menschen tun, die lediglich einer Konvention folgen. Versuchte er bereits, mit ihr zu flirten?

Smarty erkundete immer noch schnuppernd die Räumlichkeiten. Als er sich vergewissert hatte, daß es hier drinnen nichts Freßbares gab, setzte er seine Suche nach draußen fort, wobei seine Schnauze schnüffelnd den unsichtbaren Spuren auf den Natursteinplatten folgten.

Zwei flache Stufen führten durch die bogenförmige Öffnung zur Terrasse hinauf. Der Blick ins Freie war wie ein weiteres Bild. Die tief stehende Sonne malte unregelmäßige Flecken auf die Steinplatten, die niedrige Begrenzungsmauer war in unregelmäßigen Abständen ausgebuchtet, und in den vorspringenden Bögen waren kleine Beete angelegt, aus denen die unterschiedlichsten Mittelmeerpflanzen wucherten.

Was diesem fast magischen Ort etwas wild Malerisches und zugleich Schützendes gab, war eine Palme, deren ohnehin dicker Stamm sich noch oben verdickte, was den Baum fast wie eine überdimensionale Ananas aussehen ließ. Die Palmwedel überspannten die kleine Terrasse fast bis zur Hälfte und machten so Sonnenschirm oder Markisen überflüssig. Vor dem Baumstamm war eine alte Staffelei aufgestellt mit dem begonnenen Gemälde eines Hortensienbeetes. Die Farbspritzer auf der Staffelei besagten klar, daß es sich um ein viel benutztes Arbeitsgerät und nicht bloß um ein Dekorationselement handelte.

Über der wuchernden Macchia war in der milchigen Ferne der ruhige Spiegel des Meeres zu sehen, der sich jetzt kaum noch vom Himmelsblau abhob, sondern mit diesem zu verschmelzen schien. Niki war überwältigt von so viel Naturschönheit. Stumm folgte sie ihrem Gastgeber ins Freie. Die Martinigläser hielten sie immer noch in den Händen, während Ricardo ihr das umliegende Panorama erläuterte.

Nach einer Weile bat er sie, am Tisch Platz zu nehmen: »Die *pasta* müßte gleich fertig sein.«

Er schob ihr den Stuhl mit dem Binsengeflechtsitz zurecht und verschwand im Haus. Wo mochte in dem engen Gebäude wohl die Küche versteckt sein? Niki betrachtete den für einen Männerhaushalt auffallend liebevoll gedeckten Tisch. In einem Krug waren bunte Wiesenblumen arrangiert, die einfarbig cremeweißen Keramikteller hatten einen dicken Rand mit einem plastischen Dekor aus Früchten, daneben standen grüne, stabil wirkende Wein- und Wassergläser. Als sie eine der massiven Silbergabeln in die Hand nahm, entdeckte sie auf dem Griff ein eingraviertes, kleines Wappen mit dem verschnörkelten Buchstaben *P* darin. Erst jetzt fiel ihr auf, daß auf der Tischdecke und den beiden Servietten aus naturfarbenem Leinen, die ganz offensichtlich schon sehr lange in Gebrauch waren und jahrelanges Waschen und Bügeln hinter sich zu haben schienen, die gleichen Wappen zu sehen waren, diesmal mit weißem Garn in die Ecken gestickt. Woher Pentini wohl diese traditionsreichen Aussteuerteile hatte? Alter Familienbesitz? Oder hatte eine Frau – seine Frau? – für diese Ausstattung gesorgt?

»Allora, la pasta, signora. Trenette con pesto.«

Mit geschmeidigen Bewegungen und gekonnt wie ein Kellner in einer der lokalen Trattorien servierte ihr Gastgeber diese typischste aller ligurischen Vorspeisen und lehnte das leere Tablett anschließend an die Steinmauer. Er schenkte ihr und dann sich ein Glas Rotwein (»Dolceacqua - ein wirklich guter Wein hier aus der Region.«) ein und hob das Glas. Wieder dieses leise Klingen, wieder dieser Blick – und wieder waren es nur ihre Gläser, die sich berührten.

Der leichte Rotwein duftete zart nach Erdbeeren, und das Essen schmeckte phantastisch. Als Niki sich begeistert über den *pesto* ausließ, der eine ganz andere Farbe als die Fertigprodukte aus dem Supermarkt zu Hause hatte, entschuldigte sich der Koch: » Er ist nicht frisch gemacht, aber er ist auch nicht gekauft. Meine *nonna* hat mir einen Vorrat mitgegeben. Obwohl sie schon fast neunzig ist, läßt sie es sich nicht nehmen, ihre Enkel regelmäßig mit selbst gemachtem Pesto zu versorgen. Sie findet, für einen Ligurer, und erst recht für einen Genueser, schickt es sich nicht, Pesto aus der Fabrik zu essen.«

Der Hauptgang – *coniglio alla ligure* – stand der Vorspeise an Köstlichkeit in nichts nach. Das Kaninchenfleisch war ganz zart. Sie tunkten die köstliche Sauce aus Rotwein und Oliven mit dem Brot aus den Tellern, und er gab ihr eine kleine Nachhilfestunde in italienischen Redensarten. »Wir nennen das ...«, dabei wischte er noch einmal demonstrativ mit seinem abgebrochenen Brotstück etwas Sauce auf, »... *fare la scarpetta.*« Das Schühchen machen – wieder einmal staunte Niki über den Bilderreichtum dieser melodischen Sprache.

Sie tranken von dem Wein, unterhielten sich über alles mögliche, und als Ricardo schließlich zwei winzige Tassen mit höllisch heißem Espresso und einem Stück *torta di mandorle* für sie brachte – »Backen kann ich nicht, ich habe sie gegenüber in der Osteria degli Artisti gekauft« – fühlte sich Niki so wohl wie schon lange nicht mehr. Die Sonne war inzwischen untergegangen und hatte einem weichen, violetten Licht Platz gemacht. Außer dem Zirpen der Grillen, die jetzt zur Hochform aufliefen, war nichts zu hören. Es kam Niki vor, als seien sie allein auf diesem abgelegenen Berg. In der abendlichen Wärme verschwendeten Blumen, deren Namen sie nicht kannte, ihren Duft und verbreiteten eine erotische Atmosphäre. Jedenfalls empfand Niki es so. In irgendeinem Yellowpressmagazin hatte sie einmal ein Interview mit Mick Jagger gelesen, in dem er bekannte, beim Duft von Jasmin nur an eines denken zu können: Sex! Wie recht er doch hatte, auch wenn er vielleicht nicht der zuverlässigste Zeuge war, denn er war bekannt dafür, auch ohne Blumenduftbegleitung immer nur an das Eine zu denken. Die

Natur jedenfalls erwies sich an diesem Abend als Komplize des Malers und spielte das Verführungsspiel perfekt mit.

Ricardo zündete die Kerze an, die er auf dem Tablett mit dem Dessert mitgebracht hatte, und fragte: »Möchten Sie mir jetzt ihre Bilder zeigen?«

Ihre Bilder? Niki hatte völlig vergessen, daß sie offiziell ja eigentlich deswegen gekommen war. Als er das kleine Album durchblätterte, kam sie sich vor wie eine Schülerin, die auf die Beurteilung durch ihren strengen Lehrer wartet. Als er an der letzten Seite angekommen war und immer noch keinen Kommentar dazu abgegeben hatte, wurde ihr richtig unbehaglich zumute. Was, wenn er ihre Arbeiten indiskutabel und nichtssagend finden würde? Plötzlich war ihr nichts wichtiger, als daß er wenigstens etwas Positives dazu sagen würde.

»Die gefallen mir. In der Richtung sollten Sie weiterarbeiten.«

Er hatte noch mal einige Seiten zurückgeblättert und trat jetzt mit dem aufgeschlagenen Büchlein hinter ihren Stuhl, um ihr die Arbeiten zu zeigen, die sie für sich ihre »pars-pro-toto-Bilder« nannte.

Im letzten Jahr hatte sie eine ganze Serie dieser hochformatigen Bilder in einer Mischtechnik aus Acryl und Ölkreiden gemalt, bei denen fast drei Viertel der Fläche von einem einfarbig leuchtend blauen Himmel eingenommen wurde. Keine Wolken, keine Schattierungen – reinstes Blau, allerdings bei jedem Bild in einem anderen Ton. Das letzte Bildviertel wurde jeweils von einem typischen Gebäudeteil eingenommen, das für das ganze Bauwerk stand und so mit dem Wiedererkennungseffekt spielte.

Während er ihr einige Details auf den Bildern zeigte und kommentierte, kamen sich ihre Gesichter so nah, daß sie seine Körperwärme spürte. Aber er berührte sie nicht, sondern schien sich ganz auf die künstlerischen Aspekte ihres Gesprächs zu konzentrieren.

Er gab ihr das Buch zurück und schlug vor, sie könnten ja vielleicht mal gemeinsam malen. Einerseits war sie froh, daß er ihr offenbar Talent bescheinigte. Aber sie war auch enttäuscht, daß er die wunderbare Nähe von eben wieder aufgehoben hatte.

Die Dunkelheit war inzwischen herein gebrochen, und sie fröstelte leicht in ihrem kühlen Leinenkleid.

Als er behutsam die Kerze löschte und fragte: »Gehen wir rein?«, dachte sie nur: »Endlich!«

Der Türeingang war so schmal, daß sie nicht umhin kamen, auf der Stufe, die ins Haus führte, eng nebeneinander zu gehen. Als sich dabei ihre Körper streiften, war es, als sei der ganze Abend vorher nur raffiniert verzögerte Hinführung zu diesem einen Augenblick gewesen. Wie von inneren Magneten gezogen, drängten sie zueinander, umarmten sich wild und versanken in einem leidenschaftlichen Kuß.

In dieser Sternengrillenserenadenmondsommernacht vergaß Niki alles: ihre Herkunft, ihre Bindungen zuhause, ihre Zukunftspläne ... Nie zuvor hatte sie sich so gänzlich treiben lassen, ohne Gedanken oder Reflexionen über ihr Tun. Sie wußte später nicht, wie lange sie auf der Stufe ineinander verschlungen gestanden hatten. Es war fast, als hätten sie Angst, diesen magischen allerersten Moment ihrer soeben erwachten Leidenschaft füreinander zu beenden. Als Ricardo schließlich den langen Rückenreißverschluß ihres Leinenkleides öffnete und ihr den weißen Stoff sanft über die Schultern streifte, zitterte sie vor unterdrückter Lust. Sie hatte das Gefühl, es nicht mehr erwarten zu können, mit ihm ganz eins zu sein. Und als er sie schließlich in seine kleine Schlafkammer mit dem weichen Bett trug, ihren Körper mit Küssen bedeckte und sich eng an sie preßte, vergaß sie endgültig alles: ihren Namen, wer sie war, woher sie kam, sich selbst, alles. Sie war einfach nur eine Frau. Und Ricardo war ein Mann. Das war es. Und mehr brauchte es nicht. Kurz vor dem Höhepunkt der Lust glaubte sie die geflüsterten Worte *ti amo* zu hören, ehe auch sie sich von einer Woge der Gefühle davon tragen ließ.

Stundenlang lagen sie anschließend stumm nebeneinander, so, als sei jeder damit beschäftigt, zu verstehen, was sich zwischen ihnen ereignet hatte ...

Sie liebten sich noch zweimal voller Leidenschaft in dieser Nacht, bevor sie gegen Morgen endlich einschliefen.

∗

Niki erwachte durch ein brodelndes, zischendes Geräusch, und als ihr gleich darauf aromatischer Espressoduft in die Nase stieg, öffnete sie die Augen, um sie gleich wieder zu schließen. Grelles Sonnenlicht schien ihr genau ins Gesicht. Sie blinzelte vorsichtig und sah die dunkle Gestalt, die auf einem Stuhl vor dem Bett saß – Ricardo. Im Gegenlicht konnte sie sein Gesicht nicht sehen, aber die Silhouette war unverkennbar.

»Wie lange sitzt du schon da?« Im gleichen Augenblick empfand sie die Albernheit dieser Frage. Nach einer langen Liebesnacht hätte ihr eigentlich etwas Schöneres einfallen können.

»Fast eine Stunde. Ich habe es genossen, dir beim Schlafen zuzusehen. Dein Mann muß verrückt sein, daß er dich gehen ließ. Ich werde dich nicht gehen lassen, *carissima*. Nach dem Frühstück fahren wir nach Alassio und holen deine Sachen.«

»Ricardo, ich bin eine verheiratete Frau«, wandte sie ein und merkte erneut, wie töricht auch dieser Satz nach der vergangenen Nacht klang.

»Ich weiß. Aber wenn mit deiner Ehe alles in Ordnung wäre, müßtest du jetzt in Deutschland sein und nicht allein in Italien, *è vero?*«

Sie versuchte es noch einmal.

»Ich bin drei Jahre älter als du.«

Ricardo lachte leise, legte Skizzenblock und Bleistift beiseite und nahm ihre Hand. Er legte sie an seine Wange.

»Du bist jünger als manche Zwanzigjährige, Niki.«

Damit hatte er den Zauberschlüssel zu ihren geheimsten Sehnsüchten benutzt. Sie gab ihren Widerstand auf und und ließ sich fallen in eine

Liebesgeschichte, von der sie ein Leben lang geträumt und mit der sie doch schon so lange nicht mehr gerechnet hatte.

*

VII. Völlig schwerelos

Die melodischen Töne der Glocke des alten, halb zerfallenen Kirchturms schallten durch die klare Bergluft: zwölf Uhr. Der Himmel zeigte ein wolkenloses Azurblau. Niki, die mit ihren Malsachen auf einem verwitterten Natursteinmäuerchen unterhalb der hohlen Kirchenruine saß, legte den Stift aus der Hand, reckte und räkelte sich, um die von der stundenlangen, eintönigen Haltung verspannten Schultern zu lockern, und beschloß, noch einige Minuten in der Sonne sitzen zu bleiben, ehe sie zurück zu Ricardo gehen würde. Sie würde ihm zeigen, was sie gemalt hatte und ihn um seine Meinung bitten. Er würde sich ihr angefangenes Bild intensiv anschauen, hin und wieder auch Verbesserungsvorschläge machen und ihr Tips für das weitere Vorgehen geben. Dabei war er stets sachlich und einzig auf die Arbeit konzentriert. Sie dagegen mußte sich zwingen, auf das Bild und nicht Ricardo anzuschauen. Wenn er so neben ihr vor der Leinwand stand und mit seinen wunderbaren, schlanken Händen auf bestimmte Bildelemente zeigte und die Konstruktion erläuterte, hätte sie ihn am liebsten zärtlich berührt. Aber sie wußte, daß er Arbeit und Privatleben strikt zu trennen pflegte. Wenn er malte, malte er. Wenn er liebte, konzentrierte er sich voll und ganz auf die schönste Sache der Welt. Und wenn er mit den anderen Künstlern in die Osteria ging, war er nur für seine Freunde da.

Vielleicht war er wegen dieser Begabung, sich ausschließlich auf eine Tätigkeit konzentrieren zu können, ein so guter Liebhaber, dachte Niki. Nie zuvor hatte sie einen Mann gekannt, dem es vor allem wichtig zu sein schien, daß sie sich wohl fühlte und Vergnügen bei der Liebe hatte.

Und genau so intensiv wie der Liebeskunst widmete er sich seiner Kunst. Für ihn war die Malerei ein ernst zu nehmender Beruf, und von dem schien er ganz gut leben zu können – so gut, daß er es ablehnte, daß Niki etwas zu beider Lebensunterhalt beitrug. So kaufte sie als bescheidenen Ausgleich, so oft es ging, guten Wein, und sorgte stets für frischen Blumenschmuck.

Zum Malen war sie nach Italien gekommen - zum Lieben war sie geblieben! Das Malen fiel ihr hier schwerer als zu Hause, trotz des wunderbaren Lichts, der mediterranen Heiterkeit und der Fülle an Motiven. Sie war einfach gefangen in dem alles überlagernden Gefühl für Ricardo, konnte kaum an etwas anderes denken. Zu Hause hatte das Malen sie oft aus ihrer Einsamkeit und Lethargie gerissen. All ihre unerfüllten Sehnsüchte waren dort in ihre Bilder eingeflossen. Aber jetzt, wo sie wunschlos glücklich war, fehlte ihr der Antrieb, sich künstlerisch auszudrücken.

Ricardo, der selbst in seiner künstlerischen Arbeit aufzugehen schien, ließ jedoch keine Gelegenheit aus, sie zum Malen zu ermuntern. Nahm er sie ernst? Oder war sie für ihn nur Inspirationsquelle, eine Art Muse?

Vielleicht funktionierten Männer auch in künstlerischen Dingen anders als Frauen? Picasso hatte sich durch seine Frauen inspirieren lassen, Dalis Musen waren Gala und später die schillernde Amanda Lear gewesen. Und Gauguin hätte ohne Teha`amana und andere samthäutige Kindfrauen nicht seine unvergleichlichen Tahiti-Bilder gemalt. Mit jeder neuen Liebe liefen diese Künstler zu neuer Höchstform auf, änderten, erweiterten und vervollkommneten sie ihren Malstil. Wie kompliziert ihre Beziehungen zum weiblichen Geschlecht auch sein mochten, es schien ihre schöpferische Kraft nicht zu beeinträchtigen.

Aber hatte es je malende Frauen gegeben, die ihr Glück gleichzeitig im Beruf und in der Liebe fanden und ausleben konnten? Angelika Kauffmann war wohl die Frau mit der höchsten Anerkennung ihres künstlerischen Werkes gewesen. Aber privates Glück? Eine gescheiterte Ehe mit einem Heiratsschwindler, danach ein Leben als Ehefrau eines 15 Jahre älteren venezianischen Malers taugten kaum als Kulissen für romantische Empfindungen. Dennoch oder vielleicht gerade wegen dieses Mangels an Erfüllung im Privaten hatte sie ein umfangreiches Werk von über 1500 Ölgemälden, Zeichnungen und Radierungen geschaffen und zählte im 18. Jahrhundert zu den angesehensten Persönlichkeiten in Europa. Befreundet mit Goethe, Herder und Klopstock, hatte sie in Rom ein offenes Haus und als emanzipierte und finanziell unabhängige Frau ein beispielloses Leben als erfolgreiche Künstlerin geführt. Seit Niki vor Jahren fasziniert die Biographie der Kauffmann verschlungen hatte, bewunderte sie den Mut und die Konsequenz dieser außergewöhnlichen Frau, die ihrer Zeit weit voraus gewesen war. Eigentlich – hatte Niki bei der Lektüre gedacht – war sie vor über zweihundert Jahren weiter, als ich es heute bin.

Wie Generationen von Malern vor ihm ließ sich auch Ricardo durch die Anwesenheit einer Frau – durch ihre Anwesenheit – in keiner Weise von seiner Malerei ablenken, sondern arbeitete konzentriert und zielstrebig und nach einem festen Zeitplan. Bei den häufigen Ausstellungen verkauften sich seine Bilder, die nicht gerade billig zu haben waren, gut. Außerdem erhielt er oft Auftragsarbeiten von Hotels oder öffentlichen Einrichtungen. Daß er allerdings das Werk mit den Fischern am Meer –»Gente di mare«, das sie in der Galerie in Alassio bewundert hatte und das ihr absolutes Lieblingsbild war, an einen Hotelbesitzer verkauft hatte, fand sie mehr als schade.

»*Peccato*, Niki, wenn du mir das früher gesagt hättest, hätte ich es natürlich dir geschenkt.«

Zu spät! So blieb ihr nicht anderes übrig, als bei ihren gelegentlichen Fahrten nach Alassio einen Blick durch die geöffnete Tür auf die Empfangstheke des Hotels »Danio Lungomare« zu werfen, über der das Bild an der Wand hing.

Die Touristen aber, die Bussana Vecchia täglich in Scharen besuchten, kauften eigentlich nie große Bilder. Für die meisten von ihnen schien das Künstlerdorf nur ein Programmpunkt auf ihrer Ausflugsliste zu sein, den man abhakte, um zu Hause davon erzählen zu können. Wenige schauten sich die Exponate intensiver an und stellten Fragen dazu.

Aber auch diese Besucher waren nicht auf den spontanen Kauf eines teuren Bildes eingestellt.

Kleinere Andenken aber durften es schon sein. Ricardo hatte sich wie fast alle seiner Künstlerfreunde darauf eingestellt und bot *arte d´asporto* an, Kunst zum Nachhausetragen: Monotypien auf Japanpapier, auf quadratische Kartontafeln aufgezogen und in einen kleinen Klappdeckel eingeklebt, der mit zwei farblich abgestimmten Bändern geschlossen werden konnte. Jedes dieser kleinen Kunstbücher trug einen anderen Titel: *Per la libertà, Per l'amore, Per la nostalgia, Per la speranza* und so weiter. Diese preiswerten Unikate verkauften sich überraschend gut. Als Niki anfänglich gescherzt hatte, das sei ja wie *pizza d'asporto,* hatte sie seine empfindliche Seite getroffen.

»Es gefällt uns selbst nicht, daß Bussana Vecchia immer mehr kommerzialisiert wird. Aber wenn nur drei Touristen eines dieser Bildchen kaufen, reicht das Geld schon wieder einige Tage zum Leben. Und es ist immer noch besser, sie nehmen ein – wenn auch bescheidenes – Unikat mit, als wenn sie nach der grell bunt beleuchteten Plastikmadonna in der Muschelgrotte als Souvenir suchen.«

Niki verspürte leichten Hunger. Später würden sie etwas Brot und Obst essen, ein Glas gekühlten Rosato trinken und dann zwei Stunden Siesta machen. Sie liebte diese Mittagsstunden, wenn alles still war und kein Laut ihre Zweisamkeit störte. Als Niki jetzt an die hitzigen Umarmungen dachte, denen sie sich nachher hingeben würden, bekam sie trotz der Sonnenwärme eine Gänsehaut.

Ihr Blick fiel auf den unbefestigten Platz unterhalb der Steinmauer, auf dem allerlei ausrangierter Hausrat herum lag. Den verbliebenen Platz nahmen eine alte gelbe Vespa und eines dieser ulkigen, typisch italienischen Autos auf drei Rädern ein. Auch Ricardo besaß diese Grundausstattung: den Motorroller, um schnell mal runter an die Küste zu gelangen, und ein Piaggio ape, nicht neu und auch nicht besonders gepflegt. Aber das schien ihn nicht zu stören. Für ihn kam es allein darauf an, wie er seine Bilder am besten transportieren konnte. Noch immer genierte sich Niki ein wenig für ihr chromglänzendes Auto, das einfach nicht hierher passen wollte und deshalb seit Wochen schon ein stiefmütterliches Dasein unter einer grauen Plastikplane neben Ricardos Haus fristete.

»Il sogno sulla collina« – so nannten die Künstler hier ihr Paradies. Und wie in einem »Traum auf dem Hügel« kam Niki sich vor. Seit fast drei Wochen lebte sie nun schon mit Ricardo hier und hatte jedes Gefühl für Zeit verloren. Einzig Sonnenauf- und -untergang bestimmten ihren Tagesrhythmus. Sie gingen abends kaum aus, sondern saßen oft stundenlang Hand in Hand auf der kleinen Dachterrasse und schauten schweigend in den Sternenhimmel. Und obwohl eigentlich fast jeder Tag so ablief wie der vorangegangene, war ihr nie langweilig – im Gegenteil. Sie wünschte, es würde immer so bleiben. Sie wünschte, sie möge nie aufwachen aus ihrem Traum.

Anfänglich hatte sie sich immer wieder in dem verschachtelten Labyrinth der Gassen Bussanas verlaufen, bis sie herausgefunden hatte, daß man sich bloß bergab orientieren mußte, um irgendwann wieder bei der Osteria und Ricardos Haus zu landen. Inzwischen kannte sie jeden Winkel des Dorfes, jede der verwitterten Treppen, von denen viele ins Nichts führten, und die Kirchenruine, deren Inneres immer noch voll Steinschutt lag und die den freien Blick nach oben in den blauen Himmel gewährte. Die Sonne konnte so direkt ins Innere scheinen und ließ Gras wachsen, wo früher Kirchenbänke standen. Sie holte hin und wieder Eis in der »Gelateria Artigianale«, die sich weltläufig »Icecream Parlour« nannte, kannte die Créperie und das Ristorante »La Casacchia« und das »Laboratorio Aperto« an der Piazza dell'Oratorio, in dem wechselnde Ausstellungen, Workshops und Lesungen angeboten wurden. Und sie besuchte immer wieder *Il Giardino Tra I Ruderi,* den interessanten botanischen Garten, der durch seine Blütenfülle inmitten verwitterter Ruinen einen ganz besonderen Zauber verbreitete.

Hin und wieder verließen sie den Berg für kleine Ausflüge in die nähere und weitere Umgebung. Sie machten Picknick in den Wäldern, und Ricardo zeigte ihr sehenswerte Plätze wie die Grotten von Toirano, den auch „kleine Dolomiten" genannten PARCO NATURALE PE-SIO TANARO, kaufte ihr in den Keramikwerkstätten von Albisola eine wunderschön bemalte Obstschale oder ging mit ihr zum Essen bei »Serafino«, der lebenden Kochlegende von Cervo. Niemals aber machte er Anstalten, mit ihr an den Strand zu fahren. Offensichtlich stellte das Meer für ihn keine Attraktion dar, außer, wenn er es auf Leinwand bannte.

Als sie ihn einmal darauf ansprach, antwortete er: »Wir Leute vom Meer haben es immer respektiert, oft auch gefürchtet, aber geliebt, nein, geliebt haben wir es nie. Für die Ligurer bedeutet das Meer harte Arbeit, Gefahr und auch Armut. Es gilt hier vielen immer noch als unfein und schmutzig, und die Menschen, die damit ihr Geld verdienen, werden oft auch heute noch so behandelt«.

Sie fühlte sich durch seine Worte in ihrer Beobachtung, die sie schon vor vielen Jahren bei ihren Alassiourlauben gemacht hatte, bestätigt: Die *gente di mare* wurden von den Städtern oft wie Menschen zweiter Klasse behandelt.

*

Es war inzwischen Mitte September, und an jedem Wochenende feierte ein anderes Bergdorf seine *sagra*. In Deutschland hatte man die Weinfeste und zelebrierte im Oktober noch Erntedank. Hier aber bekam jede Gabe der Natur ihr eigenes Fest. Man feierte die Pilze, die Polenta, die schwarzen Trüffel, die Kastanien, den Stockfisch usw.. Jedesmal, wenn Niki hinunter ins neue Bussana zum Blumenmarkt, in die Bäckerei oder zum Metzger fuhr, entdeckte sie andere Plakate in grellem Grün, Rot oder Orange, die zu solch einer Schlemmerei einluden. Als sie bei einer ihrer freitäglichen Alassiotouren dort eine Ankündigung für eine »Sagra della castagna« in Téstico las und Ricardo davon erzählte, machte er den Vorschlag, am kommenden Sonntag gemeinsam hinzufahren.

Sie fuhren auf der Via Aurelia bis Andora und bogen dann ins Mérula-Tal ein, das sich sanft bis zu den Gipfeln der Seealpen empor wand. Das Flüßchen, das dem Tal seinen Namen gegeben hatte, war nach dem heißen und regenarmen Sommer total ausgetrocknet, so daß die Brücken, die es immer wieder überspannten – ihrer eigentlichen Funktion beraubt – wie unpassende Fremdkörper erschienen. Die Gegend unmittelbar hinter Andora wirkte irgendwie unaufgeräumt: verlassene Häuser, wild wuchernde Vegetation, immer wieder achtlos weggeworfener Schrott am Wegesrand – für Niki eine der unschöneren Charaktereigenschaften der Italiener. Die meisten von ihnen pflegten ein völlig unromantisches Verhältnis zu den Schätzen der Natur. Sie war dazu da, den Menschen zu dienen und zu nützen. Naturschutz um seiner selbst willen erschien ihnen als bloße Zeitverschwendung. Vielleicht war es aber auch ungerecht, ihnen das vorzuwerfen. Vielleicht lag ihr sorgloser Umgang mit den Schönheiten ihres Landes einfach daran, daß sie im Überfluß davon hatten.

Während der ganzen Fahrt fiel leichter Nieselregen, aber als sie den Wagen in Téstico vor der kleinen Kirche parkten, kam die Sonne heraus. Obwohl von der *sagra* noch nichts zu sehen war, rochen sie schon die Holzfeuer, über denen später die Kastanien geröstet werden würden.

Unterhalb der gewundenen Straße waren neben einem Bauernhof roh gezimmerte Tische, die man mit einfachen weißen Papiertischdecken überzogen hatte, und verwitterte Klappstühle unter Oliven- und Feigenbäumen zu Tafeln mit jeweils zehn Plätzen gruppiert. Sie kauften am Hofeingang Bons für Essen, Wein und Wasser und nahmen an einem der noch freien Tische Platz. Während Niki Smartys Leine an einem Olivenbaumstamm festband, besorgte Ricardo an einem der Verkaufsstände das Mittagessen: *polenta con salsiccia di trippa* – Maisbrei mit Würstchen aus Kutteln – dazu Brot und den einheimischen Pigatowein. Die Pause bis zum eigentlichen kulinarischen Ereignis des Festes, dem

Kastanien-Büffet, vertrödelten sie, indem sie ihre Gesichter in die Sonne hielten und sich die Gegend anschauten. Als sie Stunden später satt waren von gerösteten Kastanien, dem Kastanienkuchen und all den anderen Leckereien, unternahmen sie mit dem Hund einen Spaziergang durch das kleine Dorf, das beinahe in den Wolken zu schweben schien, bevor sie sich am späten Nachmittag auf den Rückweg machten.

Ricardo schlug ihr noch einen kleinen Abstecher vor – er wollte ihr etwas zeigen. Er hielt in Colla Micheri, auf dem Felskamm zwischen Andora und Laigueglia. In diesem kleinen Bauerndorf mit den malerischen Schirmpinien führte er sie zum Haus einer der berühmtesten Persönlichkeiten der ligurischen Küste. Der norwegische Naturforscher und Archäologe Thor Heyerdhal, der die Weltmeere mit seinen Schiffen aus Binsen und Papyrus befahren hatte, lebte nun hier auf diesem ständig den Winden ausgesetzten Bergrücken inmitten seines eigenen Pinienwäldchens und konnte sich täglich an der freien Aussicht auf seine große Liebe, das Meer, erfreuen.

»Er gehört wirklich zu den *gente di mare*«, sagte Niki und beneidete den berühmten Mann um seinen unvergleichlichen Alterssitz.

*

VIII.   »La Superba«

In der dritten Septemberwoche mußte Ricardo für eine Woche nach Genua. Die Galleria d'Arte Nettuno dort würde eine Auswahl seiner neuesten Arbeiten zeigen. Er wollte selbst die richtige Anordnung der Bilder überwachen und die Gelegenheit zu einem Besuch bei seiner Familie nutzen. Niki wußte nur, daß seine Mutter, seine Großmutter und seine beiden Schwestern – »ich bin dort von Frauen umzingelt!« – in der Hauptstadt Liguriens wohnten und fragte sich, ob sie diesen Teil seiner Existenz wohl irgendwann einmal kennenlernen würde.

Sie kannte Genua nur von der Durchreise, also eigentlich gar nicht, und hätte ihn gerne begleitet, aber da Ricardo für sie eine Ausstellung in der Little Gallery in Alassio für Anfang Oktober arrangiert hatte, entschied sie sich, lieber in Bussana Vecchia zu bleiben und die Zeit des Alleinseins zum Fertigstellen begonnener Bilder zu nutzen.

Sie verabredeten, daß sie am folgenden Wochenende, am Samstag, mit dem Zug nach Genua kommen und dort eine Nacht mit Ricardo verbringen würde, um dann am darauf folgenden Tag gemeinsam mit ihm im Auto zurückzufahren. Signora Elvira, die liebenswerte, aber manchmal etwas schusselig-zerstreute Wirtin der Osteria gegenüber, hatte sich freundlicherweise bereit erklärt, Smarty während dieser zwei Tage in Obhut zu nehmen. Niki war skeptisch, ob das eine gute Lösung war, da ihr Hund zum Streunen neigte. Nachdem sie der Signora noch einmal ans Herz gelegt hatte, ihn auf keinen Fall draußen von der Leine zu lassen, freute sie sich aber doch auf das Wiedersehen.

*

Imperia, Diano Marina, Laigueglia, Alassio, Albenga, Loano, Finale Ligure, Savona, Varazze ... Die Namen der Badeorte, in denen der Regionalzug hielt, klangen wie eine Melodie. Niki war mit Ricardo um zwölf Uhr vor seinem Hotel, dem Metropoli, verabredet. Da sie Angst hatte, zu spät zu kommen oder sich zu verlaufen – immerhin war Genua eine Großstadt mit einem verwirrenden Labyrinth an Altstadtgassen, hatte sie vorsichtshalber die frühe Verbindung von San Remo gewählt, aber ihre Befürchtungen waren unbegründet. Sie fand das Hotel mit Blick auf Genuas schönsten Renaissanceplatz, die Piazza Marose, auf Anhieb. Als sie von der anderen Straßenseite aus das Gebäude – einen alten Palazzo – sah, war es erst kurz nach elf. Ricardo war sicher noch in der Galerie oder bei seiner Familie. Sie überlegte, ob sie in der Hotellobby auf ihn warten oder in der kleinen Bar nebenan einen *caffé* nehmen sollte, als er ihr auffiel. Zuerst hätte sie ihn fast nicht erkannt. Er trug einen schmal geschnittenen Anzug aus anthrazitfarben changierendem Stoff, Hemd und Krawatte – eine Kleidung, die sie an ihm nicht gewohnt war und die ihn völlig fremd erscheinen ließ. Er rückte die Sonnenbrille mit den verspiegelten Gläsern zurecht, strich sich wie immer die auch jetzt vorwitzig ins Gesicht fallende Haarsträhne zurück – wie sie diese Geste liebte! – und schlenderte lässig wie ein Dressman die Stufen des Hoteleingangs herunter. Nikis Herz klopfte. Erst jetzt merkte sie, wie sehr sie ihn in den wenigen Tagen seiner Abwesenheit vermißt hatte. Sie wollte gerade die Hand heben, um ihn auf sich aufmerksam zu machen, als sie sah, daß ihm eine attraktive Frau folgte. Sie war etwa in seinem Alter und eine überaus elegante Erscheinung. Ihr hellbraunes Haar war von aschblonden Strähnchen durchzogen und zeigte diesen ganz besonderen Kurzhaarschnitt – Haare aus der Stirn geschoben, der wie zufällig mit den Händen durchkämmt aussah und doch ein Meisterstück italienischer Figarokunst war. Auch sie trug eine Sonnenbrille, der man selbst aus dieser Entfernung ansah, daß sie nicht von einem der Drehständer vor den Souvenirläden stammte. Alles an ihrer Erscheinung war elegant. In ihrem taillierten Kostüm, ihren hochhackigen Schuhen, den auffälligen, großen Goldohrringen und mit der unter den Arm geklemmten Kuverttasche sah sie aus wie die Karrierefrau schlechthin.

96

Nikis halb erhobene Hand senkte sich langsam, wie in Zeitlupe. Sie kam sich vor eine Kinobesucherin, und beobachtete fasziniert und beunruhigt zugleich die Szene. Auf dem Bürgersteig wandten sich die Beiden einander zu, unterhielten sich kurz, umarmten sich herzlich und tauschten Wangenküsse aus, bevor die schöne Unbekannte mit selbstsicheren Schritten davon ging, sich aber noch einmal lachend umdrehte und Ricardo zuwinkte. Der winkte zurück, schaute sich noch einmal flüchtig um und ging dann in die Hotelhalle zurück.

Niki stand wie erstarrt, unfähig, ihren Beobachtungsposten zu verlassen.

Wer war die Unbekannte? Welche Rolle spielte sie für Ricardo? Warum sah Ricardo so völlig anders aus? Wieso war sie mit ihm aus dem Hotel gekommen? Und vor allem, wieso hatte er sie geküßt?

Als sich endlich ihre Erstarrung löste und sie in der Lage war, ihren Posten zu verlassen, überquerte sie langsam die Straße und betrat zögernd die Halle des Metropoli. Ricardo hatte ein paar Worte mit dem jungen Mann an der Rezeption gewechselt und drehte sich gerade um, als Niki herein kam. Er eilte auf sie zu und umarmte sie mit einem strahlenden Gesicht.

»*Ciao* Niki. Schön, daß du so früh bist. Bist du gerade erst gekommen? Ich war vor einer Minute noch draußen, habe dich aber nicht gesehen.«

Kein Wunder, dachte sie, du warst auch viel zu beschäftigt.

Laut sagte sie: »Ich hatte Angst, mich in Genua zu verlaufen, darum habe ich den früheren Zug genommen.«

Ricardo schlug vor, ihre kleine Reisetasche zunächst aufs Zimmer zu bringen und dann eine Kleinigkeit essen zu gehen, bevor er ihr einige Sehenswürdigkeiten seiner Heimatstadt zeigen wollte.

Kaum hatten sie die Schwelle zum Zimmer überschritten, stellte er ihre Tasche ab, küßte sie leidenschaftlich und begann, sie noch bei der Tür auszuziehen. Sie hatte kühl reagieren wollen, ihm Fragen stellen wollen, doch als sie seinen Körper an dem ihren spürte, war da nur noch die vertraute und doch immer wieder neue Erregung. Sie liebten sich beim dämmrigen Licht, das durch die geschlossenen Klappläden fiel, mit einer Wildheit, die für sie beide neu war. Es war, als seien sie nach diesen fünf Tagen ausgehungert nach dem anderen wie nach einer monatelangen Trennung. *Fare l'amore* – keine Nation hatte schönere Bezeichnungen für die Dinge, die sie miteinander machten!

Erst, als sie danach erschöpft nebeneinander auf dem Hotelbett lagen, fiel ihr auf, daß es frisch gemacht und die Tagesdecke an den Seiten fest um die Matratze geschlagen war. Hätte Ricardo hier mit der aschblonden Frau ein Liebesstündchen verbracht, hätte das Bett doch zumindest unordentlich aussehen müssen. Wahrscheinlich war die Sache ganz harmlos. Vielleicht war die Frau ja auch eine seiner Schwestern?

Sie beschloß, nicht zu fragen und die Schreckminuten, die sie draußen auf dem Bürgersteig durchlebt hatte, zu vergessen. Sie war bei dem Geliebten. Er fand sie offenbar genauso anziehend wie immer. Alles war in Ordnung.

Als sie geduscht, sich frisch gemacht und legere Kleidung angelegt hatten – sein Anzug hing jetzt ordentlich auf einem Bügel im Schrank, verließen sie das Hotel, fuhren zum Hafen von Boccadasse im östlichen Teil der Stadt und aßen auf der Terrasse des Santa Chiara eine herrliche Fischsuppe. Die Sonne schien noch warm trotz der bevorstehenden Herbsttage, und man hatte hier draußen das Gefühl, mitten auf dem Meer zu sein. Sie konnten sich gar nicht sattsehen am Anblick der aus dieser Nähe beeindruckend großen Schiffe aus aller Herren Länder. Auch wenn das Essen nicht so vorzüglich gewesen wäre – und das war es – hätte allein diese Aussicht Niki schon genügt. Kein Wunder, daß es die *gente di mare* hier in die Ferne zog – mit dem Versprechen auf die große, weite Welt in Gestalt der Schiffsriesen täglich vor Augen!

Beim anschließenden Bummel durch die Stadt zeigte er ihr zuerst das Denkmal des »nach mir größten Sohnes der Stadt«, wie er mit einem ironischen Lächeln erklärte. Obwohl die meisten Kolumbus für einen Spanier hielten, weil er seine Reisen im Auftrag der spanischen Königin

Isabella unternommen hatte, stammte er aus Genua, eine Tatsache, auf die die Genueser stolz waren und die sie mit keiner Nation teilen wollten.

Niki und Ricardo besuchten das erst 1992 anläßlich der Kolumbus-veranstaltungen neu gebaute Seeaquarium und konnten sich kaum losreißen von den Delfinen, Haien und exotischen Fischen, die hinter den großen Glasscheiben scheinbar unbeeindruckt von den Besucher-strömen ihrem stummen Leben nachgingen, nein: nachschwammen.

Gleich neben dem Aquarium ankerte die »Neptune«, ein nachgebautes spanisches Kriegsschiff aus dem 16. Jahrhundert, das Niki unbedingt besichtigen wollte. Nur »Bigo«, den 60 Meter hohen Aussichtsturm in Form eines Schiffsladebaums, der statt der klassischen Ladefrachten menschliches Gut nach oben zog, ließen sie lieber aus. Sie schlender-ten Hand in Hand an den winzigen Läden in den verschlungenen Altstadtgassen vorbei, gingen durch Genuas Prachtstraße, die Via Giuseppe Garibaldi mit ihren prachtvollen, üppig bemalten Palästen und fuhren schließlich mit der roten Righi-Zahnradbahn hinauf zum Aussichtspunkt Castelleto, wo ihnen Genova, *La Superba*, buchstäblich zu Füßen lag.

Ricardo zog Niki an sich, und beide genossen stumm den bezaubern-den Ausblick auf die Stadt. Endlich sagte er: »Ich könnte dir noch so viel zeigen, *amore*. Das holen wir alles bei deinem nächsten Besuch nach. Aber jetzt habe ich Hunger. Ich glaube, es ist höchste Zeit, ins Hotel zurückzufahren und uns für das Abendessen umzuziehen.«

*

Es war gegen halb acht. Die Dämmerung tauchte den Himmel über Genua in ein chiantirotes Dunkel, vor dem die Lichter der Stadt wie Sterne funkelten, als Ricardo Niki ins A'Lanterna führte. Die maritime Trattoria nahe den Kais für Fähr- und Kreuzfahrtschiffe war mittags beliebter Treff der Hafenangestellten, die sich hier zu frischem Fisch und Schalentieren trafen. Abends verwandelte sich das schlichte Lokal allerdings in ein hervorragendes Restaurant, das seinen Gästen erstklassige 5-Gang-Menüs servierte. Ricardo trug auf ihren Wunsch wieder den eleganten Anzug – warum sollte sie nicht auch einmal in diesen optischen Genuß kommen? – und sie ein schlichtes, aber elegantes, rotes Kleid. Es war eng geschnitten und hatte, seit sie von Alassio nach Bussana Vecchia gezogen war, unbeachtet im Schrank gehängt. Dort in dem abgelegenen Bergdorf hatte man keine Verwendung dafür... Aber heute Abend sah Niki darin einfach schön aus, wie sie mit einem Blick in die verspiegelte Eingangshalle sehen konnte.

Der förmliche Kellner führte sie zu ihrem reservierten Tisch mit Blick auf die Kais und brachte die Speisekarten. Sie brauchten viel Zeit für die Bestellung, weil sie so fasziniert von ihrem jeweiligen Gegenüber waren. Noch nie in den vergangenen Wochen und Monaten waren sie so elegant gekleidet miteinander ausgegangen und schienen eine ganz neue Seite am vertraut geglaubten Partner zu entdecken.

Als sie sich schließlich beide für das vorgeschlagene Menü à la Toskana entschieden hatten und der Kellner zwei Gläser mit eisgekühltem Prosecco brachte, hob Ricardo sein Glas, um mit Niki anzustoßen und sagte: »Auf einen traumhaften Abend.«

Dann setzte er sein Glas ab und fuhr fort: »Du siehst einfach wunderschön aus, Niki. Aber etwas fehlt noch.«

Damit zog er ein kleines Päckchen aus der Innentasche seines Jackets und reicht es ihr über den Tisch. Niki wußte, daß diese sehr kleinen Päckchen meist besonders kostbaren Inhalt hatten. Als sie die Schleife gelöst, das Papier entfernt und den Deckel des runden Etuis aufgeklappt hatte, war sie dennoch tief gerührt. Er hatte nicht irgendein Schmuckstück gekauft, sondern sein Geschenk ganz offensichtlich mit Überlegung ausgesucht, weil er ihre große Liebe zum Meer kannte. Auf schwarzen Samt gebettet lagen darin zwei zierliche Seesterne aus Gold, mit winzigen Brillantsplittern übersät. Im Deckel des Kästchens entdeckte sie einen zusammengerollten Zettel. Als sie ihn vorsichtig öffnete, las sie in Ricardos Handschrift *Per la mia sirena. R.*

Er sah in ihr eine Meerjungfrau! Das war mehr Romantik, als Niki in ihrem ganzen bisherigen Leben begegnet war. Sie nahm die Ohrstecker vorsichtig aus dem Etui und steckte sie an.

»Bellissima. Du mußt sie so lange tragen, wie du mit mir zusammen bist, Niki. Wenn es nach mir geht, für immer.«

Ricardo nahm ihre Hand und ließ sie erst wieder los, als der Kellner die Vorspeisen brachte. Niki war dankbar für diese Unterbrechung. So mußte sie Ricardo nicht antworten auf seine unausgesprochene Fragen. Wie lange würde sie noch in Ligurien bleiben? Würde sie ihn eines Tages verlassen und nach Deutschland zurückkehren? Oder für immer bleiben?

Es wurde ein Abend und – später in ihrem Hotelzimmer – eine Nacht voller Leidenschaft, die sie, ganz gleich, was die Zukunft auch bringen würde – immer im Herzen tragen würde.

*

Als sie nach dem Frühstück am nächsten Morgen ihre Sachen in den beiden Reisetaschen verstauten, faltete Ricardo den Designeranzug, steckte ihn zusammen mit Hemd und Krawatte in eine edel aussehende Papiertüte und sagte nur: »Ich muß vor der Rückfahrt noch etwas erledigen.«

Sie holten sein altes Auto vom Parkplatz, und er steuerte es geschickt durch den dichten Verkehr der Stadt. Niki hatte keine Ahnung, wohin er wollte. Sie kamen in eine Gegend, in der die Straßen breiter, die Grundstücke größer und das Grün hinter den hohen Zäunen üppiger wurde. Schließlich setzte er den Blinker, parkte das Auto am rechten Straßenrand und stieg aus, nachdem er ihr kurz gesagt hatte »Ich bin gleich zurück. Es dauert nur wenige Minuten.«

Niki blickte ihm nach, wie er mit der Designertüte in der Hand auf ein hohes, verschnörkeltes Eisentor zuging, hinter dem ein langer, weißer Kiesweg auf ein villenartiges Gebäude zuführte. Eigentlich war es weniger Villa und mehr ein *palazzo* mit Stucksimsen und üppigen Fassadenmalereien. Ihr Blick kehrte zurück zu dem Eingangstor. In jeden Flügel war eine Art Medaillon mit Wappen eingelassen, auf dem sich – Niki mußte schlucken – das bekannte, verschnörkelte *P* befand. Kein Türschild wies auf den Namen der Bewohner dieses Anwesens hin. Das war auch nicht nötig. Wer hier residierte, konnte davon ausgehen, daß ihn jeder Mensch von Bedeutung in der Stadt kannte.

Niki überlegte noch, ob das tatsächlich Ricardos Elternhaus sein konnte, als er auch schon zurück kam und sich – so kam es ihr jedenfalls vor – mit einem erleichterten Gesicht ans Steuer setzte, den Motor anließ und dann Richtung Via Aurelia fuhr.

Auf der anschließenden Fahrt unterhielt er sie mit belanglosem Small Talk, so als merke er gar nicht, was sie wirklich beschäftigte. Der gewohnte Stop-and-go Verkehr auf der gewundenen Küstenstraße erforderte seine ganze Aufmerksamkeit, und es dauerte eine ganze Weile, bis ihm ihre Schweigsamkeit auffiel.

»Hey, Niki, warum bist du so still? Du hast jetzt während der ganzen Fahrt höchstens zweimal etwas gesagt. Hat dich etwas verärgert?«

Er schaute sie fragend von der Seite an. Keine Chance mehr, sich vor dem Thema zu drücken!

»War das vorhin dein Elternhaus?«

»Ja, richtig. – O, du hast recht, ich hätte dir wenigstens sagen müssen, daß ich früher dort gewohnt habe. Ich wollte nur den Anzug zurückbringen. Meine Mutter läßt ihn von Eugenio ausbürsten, damit das gute Stück bei meinem nächsten Besuch wieder einwandfrei aussieht.«

»Wer ist Eugenio?«

»Einer der Diener meiner Mutter.«

Einer der Diener? Niki konnte es nicht glauben. Das hier war wie in einem dieser billigen Graf-liebt-armes-Mädchen-Groschenromane.

Endlich schien Ricardo zu merken, daß sie wie vom Donner gerührt neben ihm saß. Beinahe entschuldigend erklärte er ihr:

»Meine Eltern zählen zu den ältesten und angesehensten Familien von Genua. Deshalb auch der Anzug. Wenn ich hier in Genua in der Öffentlichkeit auftrete, so wie bei der Eröffnung meiner Ausstelllung, erwartet meine Mutter, daß ich standesgemäß erscheine. Und mein Auto findet sie auch schrecklich. Deshalb habe ich es draußen geparkt.«

»Ist sie denn nicht stolz auf ihren begabten Sohn?«

»Jede italienische Mutter ist stolz auf ihre Söhne. Bei meiner Mutter ist das nicht anders. Das hindert sie aber nicht daran, davon zu träumen, daß ich eines Tages vernünftig werde und das Familienunternehmen leite. Wir besitzen ein Textilwerk, in dem meine beiden Schwestern und deren Ehemänner das Sagen haben, aber eigentlich ist sie der Meinung, ich als einziger männlicher Erbe müßte es leiten. Deshalb war sie auch mit meinem Kunststudium einverstanden. Sie glaubte wohl, es käme eines Tages unserer Firma zugute.«

Niki nahm all ihren Mut zusammen für die nächste Frage.

»Warum hast du mich deiner Familie nicht vorgestellt?«

Vor ihnen tauchte das Ortsschild von Varigotti auf. Ricardo drosselte die Geschwindigkeit und suchte einen Parkplatz in dem kleinen Badeort bei Finale Ligure. Sie stiegen aus, gingen durch die engen Gassen mit den bezaubernden Häusern im Sarazenen-Stil und kehrten in einer kleinen Bar ein, wo er ihr bei einem Cappuccino zum ersten Mal von seiner Familie erzählte.

»Meine Mutter ist eine äußerst resolute Person, der nach dem Tod meines Vaters vor zwei Jahren alle Familienmitglieder absolut gehorchen. Sie sagt ganz deutlich, was sie von meinem Bohèmeleben hält und findet, es sei höchste Zeit, zu heiraten und selbst eine Familie zu gründen. Jede Frau, die sich zufällig in meiner Begleitung befindet, wird von ihr auf ihre diesbezügliche Eignung beurteilt. Das wollte ich dir ersparen.«

Als Niki nicht antwortete, holte er seine Brieftasche heraus, zog zwei Fotos hervor und reichte sie ihr über den Tisch.

Auf dem ersten sah meine eine streng blickende, grauhaarige Dame in eleganter Kleidung und mit kerzengerader Haltung.

»Deine Mutter?«

Er nickte.

Auf dem anderen Foto sah man zwei Frauen, ebenfalls sehr elegant, aber mit dunklen, halblangen Haaren, die den Betrachter freundlich anlächelten.

»Dann sind das sicher Deine Schwestern?«

»Ja, Laura und Giovanna. Sie sind beide sehr nett und lustig. Du würdest sie mögen.«

Niki hatte sofort gesehen, daß die elegante junge Frau, die Ricardo vor dem Hotel in Genua geküßt hatte, nicht dabei war. Ihr Argwohn erwachte wieder, aber sie konnte ihn einfach nicht fragen. Irgendwann, so hoffte sie, würde sich dieses Geheimnis von selbst aufklären.

IX. Christina

Als Niki die Tür zu ihrem Appartement in der Residence delle Terrazze öffnete, fiel ihr erster Blick auf Christinas Bild, das auf dem Wandregal stand. Sie hatte das Pastellportrait in ihren ersten Tagen in Alassio begonnen. Es war fast fertig gewesen, als sie Ricardo kennenlernte und ihm kurz darauf nach Bussana gefolgt war.

Sie stellte ihren Koffer ab und trat zu dem Bild. Es zeigte ihre schöne Tochter, die mit ihren hellblonden Haaren und den blauen Augen so gar nichts von Nikis mediterranem Typ hatte, in einem schulterfreien, roten Abendkleid aus Seidentaft. Die langen, seidig-glatten Haare fielen ihr offen über die Schultern, und um die Arme war lässig eine Stola aus dem gleichen Stoff wie das Kleid geschlungen. Diese Kleidung war absolut untypisch für Christina, die sich wie alle ihre Freundinnen am liebsten in flippigen Klamotten sah. Gerade darum mochte Niki dieses Bild aber so.

Von der Sonne, die den halben Tag auf das Papier schien, hatte sich das Klebeband, welches den Pastellkarton an der Malplatte hielt, in der rechten oberen Ecke gelöst. Während Smarty alle Winkel der Wohnung beschnüffelte – der Reinigungsservice des Hauses hatte interessante Duftspuren hinterlassen –, holte Niki eine Rolle Malerkrepp aus dem Schrank, entfernte vorsichtig das trocken gewordene Band und befestigte das Bild wieder sorgfältig. Wenn Christina kam, wollte sie es ihr zeigen und sie um einen Kommentar bitten. Irgend etwas stimmte noch nicht mit dem Gesicht. Was es war, hatte sie bis jetzt nicht herausfinden können. – Vielleicht sollte sie es Ricardo zeigen und ihn um Rat fragen? Natürlich hatte sie ihm von dem geplanten Besuch ihrer Tochter erzählt, und er hatte es als Selbstverständlichkeit akzeptiert, daß sie für eine Woche in ihr Appartement zurückkehrte.

Sie räumte ihre mitgebrachten Kleidungsstücke in den Schrank, wobei sie einige Kleiderbügel und Schubladen für Christina frei ließ, und schaute danach auf ihre Armbanduhr: 14.42 Uhr. Noch gut eine Stunde, dann würde sie ihre Tochter am Bahnhof von Alassio abholen. Sie freute sich auf den Besuch mindestens ebenso wie Christina. Die hatte gerade Semesterferien und sich natürlich nicht zweimal bitten lassen, ein paar kostenlose Urlaubstage bei ihrer Mutter zu verbringen. Christina studierte in Heidelberg Sprachen: Englisch und als zweite Sprache – was sonst! – Italienisch. Sie sprach viel besser Italienisch als Niki mit ihrem unzureichenden Volkshochschul-Italienisch.

»Attenzione! Il treno per Ventimiglia ha un ritardo di quindici minuti.«
Der Zug würde also mindestens eine Viertelstunde später eintreffen. Niki, die seit zehn Minuten den rötlich gekachelten Bahnsteig von Alassio auf- und ablief, suchte sich einen Platz auf einer der freien Bänke unter den Palmen und schaute noch einmal auf die Uhr. Eine halbe Stunde mit Parkscheibe – das würde knapp werden. Sie beschloß, es darauf ankommen zu lassen und darauf zu vertrauen, daß die Ordnungshüter wie alle ordentlichen Italiener zu dieser Stunde noch beim Mittagessen saßen.

Während sie auf Christina wartete, erinnerte sie sich, wie sie und Gabi an jenem Samstagabend vor über zwanzig Jahren am heruntergelassenen Fenster des Alpen-See-Express gestanden und ihren Urlaubslieben Giulio und Enrico mit Tränen in den Augen so lange zugewinkt hatten, bis der Zug am Capo Santa Croce um die Kurve bog und die beiden italienischen Jungs ihren Augen entzog. Natürlich waren Adressen ausgetauscht worden, wie mit all den vielen anderen Ferienbekanntschaften dieser zwei Wochen auch. Aber dabei war es dann auch geblieben.

Als sie zurückkamen, war der deutsche Sommer vorbei. Und der Traum von einem Wiedersehen mit den schönen Jünglingen war es bald auch. Als sie die entwickelten Filme mit den Urlaubsfotos abgeholt hatten, waren noch einmal ein paar Tränen geflossen, und das war's dann auch.

Kurz darauf hatten sie mit ihren Freunden – braven Jungs vom Dorf – Schluß gemacht wegen der Aussicht auf das aufregende Studentenleben, das sie in der kleinen Uni-Stadt erwarten würde.

Die Vorstellung, daß sie ein knappes halbes Jahr später in der Diskothek zwei junge Männer kennen- und liebenlernen und diese später sogar heiraten sollten, wäre ihnen zu diesem Zeitpunkt völlig abwegig vorgekommen. Aber ganz so, als sei die ungewohnte Freiheit fern von daheim ihnen zu viel, stürzten sie sich mit allen Konsequenzen in diese neuen Bindungen. Und wie bei einem Auto, dessen Bremsen versagten, rollten sie dann von einer Station in die nächste, ohne Überlegung und ohne Gegenwehr: Verlobung noch während der Studienzeit, Heirat gleich nach dem Examen, und ein Jahr später wurde Christina geboren.

Waren Niki zuvor hin und wieder leise, unausgesprochene Zweifel am eigenen Handeln gekommen, so wurden diese mit der Geburt ihrer Tochter mit einem Schlag weggewischt. Nie zuvor hatte für sie etwas mehr Sinn und Bedeutung gehabt als dieses kleine Wesen, das sie immer wieder mit ungläubigem Staunen betrachtete, unfähig zu begreifen, daß das ihr Werk sein sollte.

War sie Christina eine gute Mutter gewesen? Eine Sandkasten-backe-backe-Kuchen-Mutter war sie jedenfalls nicht gewesen. Und sie hatte es auch nie besonders verlockend gefunden, bäuchlings auf dem Kinderzimmerboden liegend Legosteine zu verbauen. Aber sie hatte ihrer Tochter viel vorgelesen, sich mit ihr unterhalten und sie auch im frühen Kindesalter immer ernst genommen.

Holger war ein stolzer und während Christinas frühen Kinderjahre auch begeisterter Vater gewesen, der sich viel mit seiner kleinen Tochter beschäftigte. Als er sich dann aber nach und nach wieder mehr seinen Interessen zuwandte und Niki den Hauptpart der Erziehung überließ – eigentlich kam sie sich in der Folgezeit wie eine alleinerziehende Mutter vor, ging ihr erst auf, wie eng die Fesseln waren, die Mutterschaft einer Frau anlegten. Und sie konnte niemanden deswegen anklagen, weil die Ursache in der eigenen Persönlichkeit, ihrem Wesen als Frau lag. Sie fühlte sich verantwortlich, jetzt, morgen und solange sie leben würde – für alles, was ihr Kind betraf.

Erst in den letzten Jahren, als Christina die stürmische Zeit der

Pubertät überwunden, sich zu einer selbstbewußten jungen Frau entwickelt und nach dem Abitur nicht nur das Elternhaus, sondern auch ihre kleine Großstadt verlassen hatte, entdeckte Niki, daß es sie selbst ja auch noch gab.

Jetzt im nachhinein hatte sie das Gefühl, als hätte sie achtzehn Jahre in einer Luftblase unter Wasser verbracht und sei nun wieder aufgetaucht, ans Tageslicht und ins reale Leben zurückgekehrt. Und so, als hätten all ihre Interessen und Begabungen auf Sparflamme gesimmert, schien sie nach dieser langen Zeit im Zeitraffertempo Versäumtes nachholen zu wollen. Sie besuchte Malkurse, erteilte wenig später selbst welche, rief eine jährliche Ausstellung in ihrem Stadtteil ins Leben und übernahm deren künstlerische Leitung, schaffte den Seiteneinstieg als freie Journalistin und sprudelte über vor immer neuen Ideen und Plänen.

Holger, der ja während dieser Zeit ungehindert seinem Selbstverwirklichungsdrang nachgegangen war – warum wurde dieses herablassende Wort eigentlich nie bei Männern verwandt? -, hatte sichtlich Mühe, sich an seine jetzt permanent wirbelnde Frau zu gewöhnen. Während er immer bequemer und gesättigter zu werden schien und sich wahrscheinlich von ihr die gleiche Haltung wünschte, konnte sie gar nicht genug Abwechslung bekommen. Ihre Tagesrhythmen waren so immer mehr auseinander gedriftet.

»Attenzione al binario due! Il treno per Ventimiglia è in arrivo.«
Endlich! Gleich würde sie ihre Tochter, die sie seit Monaten nicht mehr gesehen hatte, in die Arme schließen. Eine ganze Woche mit Christina! Niki freute sich auf die gemeinsame Zeit und hoffte auf intensive Gespräche und gemeinsame Ausflüge. Aber es bedeutete auch: eine Woche ohne Ricardo! Noch nie waren sie so lange getrennt gewesen außer seiner Woche in Genua!

*

Die ersten drei Tage mit Christina vergingen wie im Fluge. Sie fuhren zum Wochenmarkt nach Albenga, probierten dort ungeniert auf der Rückseite der Stände und Lieferwagen billige Jeans und Pullover im Freien und freuten sich nach dem Kauf über die durch ihr hartnäckiges Feilschen deutlich gesenkten Preise. Sie lagen stundenlang auf ihren Bastmatten am Strand in der Sonne – Liegestühle gab es jetzt kaum noch zu mieten – und besprachen, was sie abends gemeinsam kochen wollten. Sie staunten über die Vielfalt der Pastasorten im STANDA-Supermarkt, wo Christina Niki überredete, *arancini* zu kaufen. Das waren in dem Falle keineswegs Südfrüchte, sondern mit Käse gefüllte, panierte Reisbällchen. Niki merkte, daß sie noch weit entfernt davon war, den Lebensstil der Italiener und all ihre Gewohnheiten zu kennen. Sie unterhielten sich über Gott und die Welt und darüber, was Christina machen wollte, wenn sie ihr Studium als Diplomübersetzerin abgeschlossen hätte. Ein wenig beunruhigte es Niki schon, daß ihre Tochter am liebsten Bademeisterin mit eigener Bar an einem Strand in Italien werden wollte. Aber in dem speziellen Fall hoffte sie auf die sonst manchmal beklagte Sprunghaftigkeit Christinas.

Als sie am vierten Tag merkte, daß ihre Tochter sich von der langen Fahrt erholt hatte und nach »mehr Action« verlangte, schlug Niki ihr einen Ausflug mit dem Auto entlang der Küste vor. Sie könnten nach San Remo fahren, der Stadt des weltberühmten Musikfestivals. Daß sie dieses Ziel aus sehr egoistischen Gründen ausgesucht hatte, sagte sie Christina nicht. Und so war die überrascht, als sie kurz vor dem angekündigten Ziel rechts abbog und den Weg in die Berge nahm.

»Ich will dir etwas zeigen«, erklärte ihr Niki.

Dann erzählte sie Christina die Geschichte Bussana Vecchias: von dem schrecklichen Erdbeben, den Jahrzehnten des Verfalls und der Wiederentdeckung des magischen Ortes durch Künstler aus aller Welt. Die Aussicht, ein halb verfallenes Bergdorf zu besuchen, schien ihre Tochter nicht gerade prickelnd zu finden. Sie nahm es als scheinbare Marotte ihrer malenden Mutter aber gelassen hin.

Niki parkte den Wagen wie alle Touristen vor dem Ortsanfang, so wie sie es bei ihrem allerersten Besuch hier oben getan hatte. Es war ein merkwürdiges Gefühl, das Dorf, in dem sie ja eigentlich schon seit vielen Wochen lebte, als scheinbar Fremde aufzusuchen. Sie hoffte nur, niemand würde sie ansprechen und damit ihr geheimes Doppelleben enttarnen.

Als Christina gleich am Anfang von Bussana das Studio d'Arte entdeckte, steuerte sie zielstrebig darauf zu. Niki hatte ihr von den vielen Ateliers und Galerien erzählt, und da sie offenbar die einzigen Attraktionen hier waren, wollte sie diese natürlich auch besichtigen. Niki folgte ihrer Tochter mit gemischten Gefühlen. Die Tür stand offen, also mußte Ricardo da sein. Ihr fiel ein, daß sie Smarty ganz vergessen hatte. Sicher würde er Ricardo freudig begrüßen.

Im selben Moment, als sie in die Galerie kam und Christina vor einem der ausgestellten Bilder sah, betrat Ricardo gerade den Raum von der anderen Seite. Sie sah das freudige Erstaunen in seinem Gesicht, sah, daß er sie gleich vertraulich ansprechen würde und beeilte sich, ihm zuvorzukommen.

»Christina, hast du draußen an der Wand die Gedenktafel gesehen?«

»Nein. Welche Gedenktafel?«

»Na, die Marmortafel mit den Namen der bei dem Erdbeben Getöteten.«

»Gleich. – Wie gefällt dir das Bild?« Sie zeigte auf ein Seestück in Öl, das wild aufschäumendes Meer darstellte.

»O, ja, sehr schön.«

Niki schaute nur kurz auf das Bild – sie kannte es schließlich gut – und ließ ihren Blick dann scheinbar ziellos durch den Raum schweifen, bis er sich mit Ricardos Augen traf. Er hatte schnell geschaltet und verriet mit keinem Wort und keiner Geste, daß sie sich kannten. Um so beredter waren seine Augen.

Eine aufmerksamere Begleitung hätte sicher etwas bemerkt, aber

Christina war mit den weiteren Bildern im Raum beschäftigt. So konnten sich ihre Augen ungehindert ineinander versenken. Niki spürte förmlich Ricardos Blicke auf ihrer Haut. Es war wie Liebe machen ohne Berührung. Ihr Körper stand in Flammen. Sie hatte das Gefühl, jeder müßte sehen, was in ihr vorging. Die gleiche Erregung wie an jenem Vormittag in Genua, als sie sich nach einer Woche Trennung wiedergesehen hatten. Aber es würde hier und heute keine Erfüllung ihrer Sehnsüchte geben. Was hatte sie nur zu diesem Besuch verleitet? Christina würde in zwei Tagen weiterreisen zu einer Freundin nach Sestri Levante, und sie würde wieder von Alassio nach Bussana Vecchia zu Ricardo ziehen. Aber sie hätte es ganz einfach keinen Tag länger ausgehalten, ihn nicht wenigstens zu sehen. Und seine Blicke verrieten: ihm ging es genau wie ihr.

»Kommst du? Es gibt hier noch viele andere Werkstätten. Und nach San Remo wollen wir ja auch noch.« Niki hakte sich bei ihrer Tochter unter und dirigierte sie ins Freie, wobei sie Smarty, der mit freudigem Schwanzwedeln seine Wiedersehensfreude gezeigt hatte, mit Nachdruck mitzog. Christina hatte auch das offensichtlich nicht gemerkt, was nicht verwunderlich war. Schließlich war Smarty ein echter Beagle und begrüßte jeden freundlich.

Später in San Remo blühte Christina förmlich auf. Lärm, Abgase und der chaotische Straßenverkehr schienen ihr nicht nur nichts auszumachen, sie genoß es ganz offensichtlich. Sie brauchte ständig Abwechslung und Trubel, und daran herrschte hier kein Mangel. Sie bummelten über die Shoppingmeile Corso Matteotti, sättigten sich in einer Bar mit *Focaccia* und warfen dann noch einen Blick auf das Teatro Ariston, in dem jedes Jahr im Februar das weltberühmte Gesangsfestival stattfand. Christina, die keinen Schlager im Radio hören konnte, ohne stets textsicher mitzuträllern oder doch wenigstens die Melodie zu pfeifen, war begeistert.

»Da will ich nächstes Jahr hin. Mal sehen, ob Anita Lust hat, mitzukommen.«

Niki war froh, daß Christina ihre italienische Kommilitonin und nicht sie als mögliche Begleiterin auserkoren hatte. Und als sie am späten Nachmittag um die Spitze des Capo Mele bogen und die weite Bucht mit Laigueglia und dahinter Alassio sahen, atmete sie auf. Noch immer entzückte sie der Anblick, der für sie zu den schönsten der ganzen ligurischen Küste zählte.

Am übernächsten Morgen brachte sie ihre Tochter an den Bahnhof und winkte ihr noch nach, als der Zug schon längst ihren Blicken entschwunden war. Sie war gleichzeitig traurig und erleichtert. Traurig, weil sie nicht wußte, wann sich wieder die Gelegenheit ergeben würde, so viel ungestörte Zeit mit Christina zu verbringen. Erleichtert, weil sie ihr Scheinleben beenden konnte. Sie würde gleich ihre Sachen packen, das Appartement noch mal lüften und dann mit Smarty zurück nach Bussana fahren.

X. Lügen

»Na?«

»Na, alles klar?«

»Ja, bei dir auch?«

»Ja, alles o.k.«

»Gibt's was Neues?«

»Nö, eigentlich nicht. Wann kommst du zurück?«

»Weiß ich noch nicht genau. Vielleicht sag ich's dir nächste Woche. Ich ruf dich am Freitag wieder an. Um die gleiche Zeit.«

»O.k. Bis dann, mach's gut. Und paß' auf dich auf!«

»Ja, mach ich. Ciao.«

Niki legte den Hörer auf und atmete dann tief durch. Geschafft! Wieder ein wöchentliches Telefongespräch mit Holger, in dem sie nichts von ihrem Geheimnis preisgegeben hatte.

Noch immer fuhr sie einmal pro Woche die vierzig Kilometer nach Alassio, um sich wie verabredet zu Hause zu melden. Sie hatte ihr Appartement nicht gekündigt, damit Holger nicht bei einem eventuellen Anruf von dem Personal von ihrer Zweitexistenz erfahren konnte. In der Residence aber stellte ihr keiner Fragen. Schließlich war sie ein äußerst angenehmer Gast: Sie machte keine Arbeit und bezahlte immer im Voraus. Ricardo hatte nur einmal gefragt, warum sie eine Wohnung bezahlte, die sie gar nicht bewohnte, und dann nie mehr davon angefangen. Und nie machte er Anstalten, sie auf diesen Freitagsausflügen begleiten zu wollen. Es war wie ein Tabu. Vielleicht ahnte er, daß sie bei diesen Gelegenheiten zu Hause anrief, aber das Thema wurde nie angeschnitten.

Obwohl die Anrufe nach Hause fast immer nach ähnlichem Muster verliefen, hatte sie jedesmal eine Heidenangst davor. Angst, unerwartete Fragen beantworten zu müssen, Angst, sich durch ihre Stimme zu verraten, Angst, in einer plötzlichen Anwandlung von Wahrheitsliebe alles zu gestehen.

Holger fragte nie nach Details ihres Lebens hier. Entweder war es ihm egal und er genoß die ungewohnte Freiheit genau wie sie – oder er hatte Angst, die Büchse der Pandora zu öffnen und Dinge zu erfahren, die er lieber nicht wissen wollte.

Einmal bummelte sie durch Alassios *budello* und erledigte einige Einkäufe. Als sie sich umdrehte, um wieder zurück zur Residence zu gehen und Smarty, den sie im Appartement gelassen hatte, abzuholen, erschrak sie. Über der engen Gasse türmten sich riesige, dunkle Wolkenberge auf, grau und violett. Sekunden später war die Sonne verschwunden und ein bedrohliches, schwefelgelbes Licht legte sich auf die Fassaden der alten Häuser. Das Ganze erinnerte an einen Science-Fiction-Film, in dem extraterrestrische Angreifer die Erde bedrohen. Das konnte unmöglich ein Gewitter sein! Zu plötzlich hatte sich der Himmel, der kurz zuvor noch makellos blau gewesen war, verdunkelt.

Niki bog in eines der kurzen Stichsträßchen ein, die zum Strand führten, um von dort vielleicht mehr sehen zu können. Sie war noch nicht am Wasser angekommen, als sie es schon hörte. Sirenen aus allen Richtungen heulten auf, während die Dunkelheit noch zunahm. Die Sonnenschirme und Liegestühle warfen unnatürlich lange Schatten auf den orange-gelben Strand.

Niki spürte, wie ihr Angstschauer über den Rücken liefen. Doch sie fröstelte auch, weil die Temperatur in Minuten deutlich gesunken war. Sie fühlte sich bedroht, ohne zu wissen, von wem oder was. Sie setzte sich auf einen der wenigen noch verbliebenen Liegestühle und beobachtete, wie sich die Wolkenberge von den Bergen Richtung Meer bewegten. Erst als Enzo, der Bademeister des *Bagni Lucia,* ihr auf Englisch erklärte: »It´s a fire in an old church – San Bernardo – between Laigueglia and Andora«, wurde sie etwas ruhiger.

Es dauerte noch über eine halbe Stunde, bis sich die Sonne wieder zeigte und alle Ängste vertrieb. Was blieb, war grenzenlose Wut, der Einheimischen wie auch der wenigen Touristen, die noch am Strand waren. Sicher waren wieder skrupellose Brandstifter am Werk gewesen, die auf billiges Bauland im Bereich der nun verbrannten Erde spekulierten – eine der immer wiederkehrenden, bitterer Seiten des »Garten Eden Mittelmeer«!

Später, als Niki mit Smarty zum Parkplatz ging, um ihr Auto zu holen, wurde ihr zu ihrem eigenen Erstaunen bewußt, daß sie sich zum Zeitpunkt der vermeintlichen Bedrohung weder nach Ricardo noch nach Bussana Vecchia gesehnt hatte, sondern nur nach ihrem alten Zuhause in Deutschland ...

*

Wenn es das Wetter bei ihren Freitagsausflügen erlaubte, nutzte sie nach Erledigung ihrer Pflichten – Telefonate, Briefe und Postkarten in Alassio aufgeben wegen des Poststempels, Einkäufe – die Gelegenheit zu einem Sonnenbad am Strand – ein Vergnügen, zu dem sie Ricardo nach wie vor nicht überreden konnte.

Inzwischen war es Anfang Oktober, und sie dachte daran, daß sich jetzt zu Hause in ihrem Garten die Bäume gelb, orange und rot verfärbten oder auch schon ihre Blätter verloren hatten. Hier reiften die Orangen an den Straßenbäumen, und Niki konnte sich nur mit Mühe vorstellen, daß in höher gelegenen Teilen Deutschlands schon der erste Schnee gefallen war. Manchmal fand sie eine der gelben Früchte zerplatzt auf dem Bürgersteig: Fallobst, italienische Art!

Sie staunte noch immer über die verschwenderische Fülle an Blumen und Früchten, die die Natur diesem Land schenkte – ohne als Gegenleistung eine besondere Pflege einzufordern. Während ihre sporadischen Versuche, den geliebten Oleander in Kübeln auf der Terrasse zu Hause auf Dauer anzusiedeln, regelmäßig von Blattläusen, Spinnmilben und ähnlichen Feinden zunichte gemacht worden waren, gab man sich hier nicht mit Oleander in Buschform zufrieden. Diese Variante wucherte in jedem ausgedörrten Bach- und Flußbett und entlang der Bahndämme wie Unkraut. An der ligurischen Küste hatte man Oleanderbäume! Nicht einen oder zwei – ganz Alleen zogen sich durch die Küstenorte und blühten unermüdlich weiter, auch jetzt noch, obwohl schon Herbst war.

Die Bademeister hatten längst ihre *bagnos* winterfest gemacht. Alle Liegestühle und Sonnenschirme waren gereinigt und eingelagert, die Kabinen mit vorgefertigten Holzgittern vernagelt, um sie so vor eventuellen Stürmen im bevorstehenden Winter zu schützen. Den konnte sich Niki allerdings noch nicht vorstellen. Nach wie vor war meistens schönes Sonnenwetter, und die Wassertemperatur des Meeres verlockte noch immer zum Schwimmen.

Schon ein paar Mal hatte Ricardo ihr gesagt, sie müsse sich in Alassio unbedingt die Bilder von Richard West in der English Library anschauen. Aber entweder war das Wetter so schön gewesen, daß sie es schade gefunden hätte, die Zeit drinnen zu verbringen, oder sie hatte es neben den vielen Erledigungen, die auf ihrer Liste standen, vergessen. Als sie eines kühlen Nachmittages nach langer Pause mal wieder mit Smarty über die Strandpromenade spazierte, fiel ihr Blick am Hotel Beau Rivage auf eine kleine Marmortafel an der Außenwand.

Qui nella casa bianca dal 1888 al 1905 visse ed operò il pittore inglese Richard West che l'incanto luminoso di Alassio ispirò' nelle forme e nei colori assolati della sua arte.

Sie erinnerte sich, den Text früher schon einmal flüchtig gelesen zu haben, ohne daß der Name des Malers ihr etwas gesagt hatte. Jetzt aber war sie neugierig auf sein Werk. Weiß wie in der Tafelinschrift beschrieben war das Haus zwar nicht mehr – das kleine Hotel im Landhausstil hatte jetzt einen ockerfarbenen Anstrich, aber wenn dieser Richard West siebzehn Jahre hier gemalt hatte, mußten ja eine ganze Menge Bilder entstanden sein.

Niki brachte Smarty ins Appartement zurück, gab ihm zur Beschäftigung einen Kauknochen, was mit freudigem Schwanzwedeln seinerseits quittiert wurde, und machte sich auf den Weg, nachdem sie sich an der Rezeption von Dottore Massimo die Lage der English Library, in der sich auch die *pinacoteca Richard West* befand, im Stadtplan hatte einzeichnen lassen.

Die englische Bibliothek lag im alten Teil von Alassio, und Niki ging einige Male vergeblich die Viale Hanbury ab, ehe sie das etwas zurückgesetzt und versteckt liegende Gebäude entdeckte.

In ihren Reiseführern hatte sie gelesen, daß die Engländer schon sehr früh den Reiz der italienischen Riviera und vor allem Alassios entdeckt hatten. Allerdings zog es sie Ende des 19. Jahrhunderts weniger in den heißen Sommermonaten hierher. Wer es sich leisten konnte, floh vor den naßkalten britischen Wintermonaten ans Mittelmeer. Natürlich blieb man auch hier "very British", gründete Bridge- und Tennisclubs und bestand auf englischem Tee und Essen.

Die Italiener, schon immer anpassungsfähig, wenn es dem Geschäft diente, trugen dem Rechnung, indem sie ihren Hotels und Restaurants englische Namen verliehen. Noch heute erinnerten Namen wie West End, Londra oder Palace an diese frühen Besucher Liguriens.

Neben den immer noch bestehenden Clubs und der anglikanischen Kirche war die Englische Bibliothek ein weiterer Zeuge für die früher starke Präsenz der Engländer. Kein Wunder also, daß auch bildende Künstler der britischen Insel irgendwann Kunde von dem schönen Ort am Meer erhalten hatten. Und einer von ihnen war eben jener Richard West gewesen. Die Inschrift der Marmortafel war allerdings nicht ganz korrekt: er war Ire gewesen und nicht Engländer.

Als Niki die schwere hölzerne Tür öffnete, erblickte sie einen mittelgroßen Raum, rundum bis zur Decke mit alten Büchern gefüllt. Die dunklen Farben der Buchrücken aus Leder, die antiken Holzregale und der gelbliche Lichteinfall durch die Fenster des Kuppeldaches gaben dem Ort etwas Nostalgisches und Stilles.

Niki war die einzige Besucherin. Sie durchquerte die Bibliothek und trat in die *pinacoteca*. Bilder, Ölgemälde und Aquarelle von Richard West hingen an den Wänden und an Stelltafeln. Bei den Rahmen schien es sich noch um die Originale von damals zu handeln. Sie hatten Patina wie die Bilder angesetzt und zeigten hier und da Gebrauchsspuren. Kleine Messingtafeln auf den Rahmen nannten die Bildtitel. Einige Motive zeigten Ansichten benachbarter Orte wie Laigueglia, Cervo und Albenga. Die meisten aber waren in Alassio entstanden. So also hatte es hier um die Jahrhundertwende ausgesehen! Eselskarren, Frauen, die am Strand ihre Wäsche wuschen, und keine Spur von Tourismus. Keine Sonnenschirme, keine *bagni*, und auch keine Promenade.

Was aber zu Wests Zeit schon genauso verführerisch und reizvoll wie heute gewesen sein mußte, waren die atemberaubende Küstenlinie und das wunderbare Licht. Ein Bild hatte es Niki besonders angetan. Es hieß »Sunrise in June over St. Croce«. Da es nur das Meer, den Felsvorsprung am östlichen Ende der Bucht und den Sandstrand, aber keine Häuser zeigte, hätte es genauso gut in der heutigen Zeit gemalt sein können. Und sie erkannte darin genau das gleiche zauberhafte Morgenlicht, das sie immer wieder neu in seinen Bann zog. Richard West hatte vor über hundert Jahren also auch schon jene Faszination beim Einblick dieser Küste erlebt wie sie heute. Und er war mit seinen Bildern wohl Wegbereiter für Generationen von Malern nach ihm gewesen, die die landschaftliche Schönheit Liguriens mit Pinsel und Farben festhielten. Vielleicht hatte er sogar den Einheimischen erst die Augen geöffnet für die Schönheit des Meeres, das sie bis dahin nur als notwendiges, manchmal bedrohliches Übel betrachtet hatten.

Inzwischen gab es in Alassio eine ganze Reihe von Galerien, in denen die unterschiedlichsten Ansichten in allen möglichen Stilrichtungen präsentiert wurden. Und in weiteren hundert Jahren würde es immer noch Künstler geben, die dann vielleicht ganz andere Reize dieses Landstrichs entdeckten.

Niki schaute sich die Bilder Wests mehrere Male an und erstand bei der jungen Dame, die die Bibliothek leitete, einen Ausstellungskatalog. Sie nahm sich vor, die darin abgebildeten Motive nach und nach zu besuchen und ihr heutiges Aussehen mit den Gemälden von damals zu vergleichen – und sich davon vielleicht zu eigenen malerischen Interpretationen verleiten zu lassen ...

Oft besuchte sie Alassios *mercato settimanale*, um sich dort mit Olivenöl, getrockneten Pepperoni und eingelegten Tomaten einzudecken. Dabei kam sie regelmäßig an der SCUOLA MEDIA STATALE M. MORTEO OLLANDINI vorbei. Wenn aus den Klassenzimmern fröhlicher Kinderlärm oder auch die strenge Stimme einer Lehrerin nach draußen drang, dachte Niki jedesmal an ihre Kolleginnen in der Schule. Es kam ihr vor, als hätte sie diesen Abschnitt ihres Lebens vor Jahren hinter sich gelassen und für immer abgeschlossen, so weit entfernt von ihrem jetzigen Leben kam er ihr vor.

Einige Male ging sie in die Kapelle des Don Bosco Internats zum deutschsprachigen Gottesdienst, der von einem reizenden Padre mit rosigen Wangen und weißen Haaren gehalten wurde. Nach der Messe trat er zu jedem der wenigen Besucher, reichte allen die Hand und wünschte ihnen einen schönen Sonntag. Sein Deutsch hatte diesen drolligen Akzent, den nur Italiener zustande bringen, und den man zuhause in Deutschland häufig in Pizza- und Espressowerbungen hörte. Niki hätte sich nicht gewundert, wenn er gesagt hätte: »Isch `abe gar keine Sünden!«

Sie selbst hatte sehr wohl welche! Sie war eine Ehebrecherin, lebte in permanenter Sünde und war nicht sicher, ob der liebenswerte Priester ihr genauso warmherzig die Hand gedrückt hätte, wenn er davon wüßte. Was sie selbst am meisten bedrückte, war, daß sie alle Menschen, die ihr etwas bedeuteten, ständig anlog. Sie haßte Lügen über alles und wurde nun ihren eigenen hohen moralischen Ansprüchen nicht gerecht.

Holger mochte nicht mehr der aufmerksamste Ehemann sein, aber diesen Betrug hatte er nicht verdient. Selbst Ricardo gegenüber war sie nicht ehrlich! Sie hatte ihm zwar von Holger und von ihrer Tochter erzählt, aber nie über die zeitweise auftretenden Zweifel an der Richtigkeit ihres Tuns gesprochen. Irgendwann würde die Wahrheit sie einholen, und sie würde Farbe bekennen müssen! Aber noch nicht jetzt! Sie wollte einfach nicht daran denken, daß ihr Traum auf dem Hügel eines Tages enden könnte ...

*

Zumindest in einem Punkt war Ricardo kein typischer Italiener: Er besaß keinen Fernsehapparat. Für die meisten seiner Landsleute war die Flimmerkiste so etwas wie ein altes Familienmitglied, an dessen ständiges Reden man so gewöhnt war, daß man es fast nicht mehr wahrnahm. Der Fernseher lief in beinahe allen Haushalten ohne Unterbrechung von morgens bis zum späten Abend.

»Wenn ständig wechselnde Bilder auf uns einstürmen, verlieren wir die Fähigkeit, unsere inneren Bilder zu sehen«, erklärte er seine ungewöhnliche TV-Abstinenz. »Für einen Maler ist das ganz schlecht. Wenn sie etwas wirklich Wichtiges senden, kann ich immer noch in die Bar gehen und es mir dort anschauen.«

Zu diesen wirklich wichtigen Dingen zählte für ihn – da war er wieder ganz italienischer Mann – der Fußball. Als Genuese war er natürlich Anhänger des Clubs Genoa.

»Unser Club wurde schon 1893 gegründet. Er war der erste in ganz Italien.«

In Ricardos Worten schwang unverkennbarer Stolz auf seine Heimatstadt mit. Wenn »seine« Mannschaft ein wichtiges Spiel zu bestreiten hatte, und das war beinahe wöchentlich der Fall, traf er sich mit einigen seiner Künstlerfreunde in der Osteria degli Artisti gegenüber.

Niki hatte nie den Wunsch geäußert, mitzugehen. Und Ricardo hatte sie nie gefragt, ob sie ihn begleiten wollte. Wenn sie zu zweit alleine waren, sprachen sie nach wie vor deutsch miteinander. Aber wenn Freunde zu Besuch kamen, sprach auch Niki italienisch mit. Und inzwischen gingen ihr zu ihrem eigenen Erstaunen auch längere, verschachtelte Sätze ganz leicht von den Lippen. Sie hätte sich also auch mit Ricardos Fußballfreunden unterhalten können. Aber irgendwie hatte sie das Gefühl, daß er diese zwei Stunden am Wochenende lieber nur mit ihnen verbringen wollte.

Nur einmal hatte sie einen Vorstoß in diese Richtung gemacht. Ein Länderspiel zwischen Italien und Deutschland stand auf dem Programm. Als sie meinte »Ich bin mal gespannt, wie das ausgeht«, hatte Ricardo sie so erstaunt angesehen, als hätte sie etwas Unanständiges von sich gegeben. Irgendwie schien es nicht in sein Bild von ihr zu passen, daß sie sich für diesen Männersport begeisterte. Er konnte nicht wissen, daß sie vor allem bei Turnieren, bei denen es um etwas ging, also bei Europa- und Weltmeisterschaften, früher beinahe jedes Spiel vor dem Fernseher verfolgt hatte. Holger hatte das nie verwunderlich gefunden, zumal auch Christina diese Vorliebe für spannende Fußballspiele teilte.

Hinzu kam, daß für sie als Frauen noch ein anderer Aspekt hinzu kam. Es war eine Augenweide, vor allem den italienischen Spielern zuzusehen. Beinahe jeder der »Azzurri« sah aus wie ein junger, römischer Gott: kraftvoll und trotzdem schön. Und die Spieler schienen sich dessen auch bewußt zu sein. Keine Spieler anderer Nationen wirkten so attraktiv im Sportdress wie die Italiener in ihren strahlend blauen, taillierten Trikots. Aber das hätte sie Ricardo nach seiner Reaktion schon überhaupt nicht sagen können.

Also blieb sie im Haus, vertrieb sich die Zeit mit allem möglichen und hörte von gegenüber die Anfeuerungsrufe der Männer, die das Spiel verfolgten. Niki ärgerte sich über Ricardos Blick, noch mehr aber über sich selbst. Eigentlich hatte sie geglaubt, hier die totale Freiheit gefunden zu haben. Wieso war sie zu feige gewesen, diesen Anspruch zu verteidigen? War auch er etwa ein typischer Vertreter des *machismo* wie die meisten italienischen Männer?

Bei Ricardos Rückkehr war ihre schlechte Laune noch immer nicht verschwunden. Und obwohl sie sich Mühe gab, ihn das nicht spüren zu lassen, merkte er natürlich sofort ihre Verstimmung.

»Che c´hai, Niki?«

Sie spürte, wie ihr Tränen in die Augen stiegen, und drehte ihm den Rücken zu, um sie vor ihm zu verbergen. Holger hatte sie in solchen Momenten von Schwachheit und Verletzlichkeit immer so durchdringend angestarrt, daß sie sich ihrer Gefühle geschämt hatte. Seitdem war es ihr peinlich, in Gegenwart anderer zu weinen.

»Niente...«

Sie nahm ein Küchentuch und wischte damit intensiv über die Holzplatte des kleinen Tisches, der blitzeblank war und eigentlich keiner Reinigung bedurfte. Aber sie hoffte, durch diese nüchterne Tätigkeit in neutrales Fahrwasser zurückzufinden.

Ricardo hatte natürlich gesehen, daß der Tisch sauber war. Er trat zu ihr, nahm ihr sanft das Tuch aus der Hand und drehte sie dann zu sich. Ihre Augen schwammen in Tränen. So viel Flüssigkeit ließ sich nicht mehr zurücknehmen. Als sich eine dicke Träne auf den Weg machte und über ihre Wange rollte, beugte er sich zu ihr und küßte sie weg. So, als könnte ihr Körper gar nicht genug bekommen von dieser zärtlichen Geste, produzierte ihr Körper unaufhörlich Nachschub an Tränenwasser. Als Ricardo nicht mehr nachkam und sie lachend an sich zog, lachte Niki unter Tränen mit.

Aus dem uralten Kofferradio ertönten die schmelzenden Klänge italienischer Schlager, die sie nicht kannte. Ricardo umfaßte ihre Taille mit der Rechten und ergriff mit der Linken ihre Hand. Als er begann, sich zum langsamen Takt des Liedes mit ihr zu drehen und dabei sein Kinn an ihre Stirn schmiegte, hatte sie das Gefühl, zu schweben – entrückt dem Erdboden und der Realität, zusammen mit Ricardo auf einem Zauberberg, unerreichbar für Anfeindungen, Forderungen und Ansprüche. Niemand zuhause wußte, wo sie wirklich war! Niemand würde sie hier finden, wenn sie es nicht wollte!

Als sie sich später auf der Liege der Dachterrasse in den Armen lagen, war es wie eine Neuauflage ihrer allerersten Liebesnacht. Eigentlich war es fast noch schöner. Sie hatten sich und den funkelnden Sternenhimmel über sich dazu. Das war mehr Glück, als man erwarten konnte. Niki wußte, dieser Mann war ihre große Liebe. Sie wünschte sich nichts sehnlicher, als diesen Zustand der vollkommenen Zweisamkeit für immer zu bewahren. Er schien genauso zu empfinden. Und doch schlich sich immer wieder ein Gedanke in ihr Bewußtsein, sosehr sie auch bemüht war, ihn zu unterdrücken: Etwas an dem schönen Bild war nicht richtig, störte die Harmonie. Ihr Glück basierte auf einer einzigen großen Lüge, und sie fragte sich, ob und wie lange sie mit dieser Situation leben könnte.

XI. »Sind Sie glücklich verheiratet? – Oder malen Sie?«

Was meinst du, ob überhaupt jemand kommt?«

Niki war schon lange nicht mehr so nervös gewesen. Mindestens zwanzig mal war sie jetzt schon an ihren Bildern entlang gegangen, hatte sie gerade, dann schief und anschließend wieder gerade gerückt, die Sektgläser ans Licht gehalten und nachpoliert, die kleinen Handzettel zu Stapeln geordnet und dann doch wieder fächerförmig ausgebreitet.

Sie konnte die Anspannung kaum noch aushalten.

Woher hatte sie nur den Mut genommen, in einem fremden Land, in dem kaum jemand sie kannte, eine Ausstellung ihrer Bilder zu organisieren? Na ja, eigentlich hatte Ricardo ihr den größten Teil der Organisation abgenommen. Er kannte den Besitzer der Little Gallery in Alassio seit Jahren und hatte ein wenig seine Beziehungen spielen lassen. *»Una mano lava l'altra!«* In keinem anderen Land der Welt hatte man das System des gegenseitigen Händewaschens so perfektioniert wie hier. Auch Ricardo beherrschte diese Technik offenbar. Welchen Gefallen er dem Galeristen dafür im Gegenzug getan hatte oder noch tun mußte, wollte sie lieber nicht wissen. Natürlich kannte sie den »Paten« und andere Legenden über die ehrenwerte Gesellschaft und stellte sich vor, ihr Geliebter könnte in irgendeiner Weise in deren Beziehungsgeflecht verstrickt sein. Eigentlich glaubte sie nicht wirklich daran, aber allein der Gedanke an die Möglichkeit jagte ihr wohlige Schauer über den Rücken. Als seien ihr Ausbruch nach Italien und die heimliche Liaison mit Ricardo nicht Abenteuer genug! Und doch: Sie wußte nicht viel mehr über ihn als zu Beginn ihrer Bekanntschaft, während sie ihm ihre Lebensgeschichte ausführlich erzählt hatte.

Der Ausstellungsraum war sehr klein und damit ideal, denn sie hatte gerade mal zehn Bilder fertig und gerahmt – für die kurze Zeit, die sie in Italien war, eine beachtliche Leistung, für eine größere Ausstellung allerdings viel zu wenig. Ricardos fachliches Urteil bei ihrer zweiten Begegnung in seinem Atelier hatte sie überzeugt. Sie hatte alle Bilder im »Pars-pro-toto-Stil« gemalt, darunter eine kleine Serie von sechs Bildern, die nur jeweils andere Teile der Ruinen von Bussana Vecchia zeigten, drei vor strahlend blauem, zwei vor einem violetten und eines vor einem nachtblauen Himmel. So selbstkritisch sie selbst ihren eigenen Arbeiten gegenüber war – diese fand sie besonders gelungen. Alle Bilder hatten das gleiche Format und die gleichen, schlichten Alurahmen. In einer größeren Galerie hätten die wenigen Bilder wahrscheinlich verloren gewirkt. Hier aber konnte man sie optimal präsentieren. Und der Galerist hatte sich wirklich Mühe gegeben mit der unbekannten deutschen Malerin.

Nach und nach trafen die ersten neugierigen Besucher ein. Eines Tages würde Niki einen Ratgeber für Vernissage-Besucher schreiben: *Vergessen Sie die Bilder! Legen Sie sich ein unverfängliches Vokabular zu, das immer paßt, zum Beispiel: interessant, ungewöhnlich usw.! Haben Sie keine Angst – die anderen Besucher haben genauso wenig Ahnung wie Sie! Tragen Sie Schwarz – das hat etwas Bohèmehaftes! Üben Sie vor der Veranstaltung noch einmal den interessiert-sachkundigen Blick vor dem Spiegel! usw.*

Den Gästen hier schienen Schwellenängste allerdings fremd zu sein. Sie bewegten sich ganz offensichtlich auf sicherem und vertrautem Terrain und hatten Ratschläge dieser Art nicht nötig. Sie schlenderten an den Exponaten vorbei, blieben hin und wieder stehen, zeigten auf etwas und gaben ihre Kommentare ab. Niki konnte nicht alles verstehen, aber die Reaktionen schienen wohlwollend bis begeistert zu sein. Ihr fiel auf, daß beinahe alle höchst elegant gekleidet waren. Was man bei einem ähnlichen Anlaß in Deutschland für fast übertrieben gehalten hätte, war hier Norm und wieder einmal Beweis dafür, daß man in Italien eigentlich nie overdressed sein konnte!

Als Ricardo an sein Proseccoglas klopfte, um mit der kleinen Eröffnungsrede zu beginnen, war der Ausstellungsraum brechend voll. Nikis Sorge war absolut unbegründet gewesen. Er sprach auf Italienisch, stellte eine bemerkenswerte Neuentdeckung vor – damit war sie gemeint! – und riet allen Besuchern zum Kauf, bevor die Preise der Künstlerin in die Höhe schießen würden. Das war ihr ein wenig peinlich, aber offenbar hatte er mit seiner leicht ironischen, heiteren Art genau den richtigen Ton getroffen. Noch ehe die Vernissage zu Ende war, hatte sie bereits fünf Bilder verkauft.

Sie klebte gerade kleine rote Punkte auf das Glas der Bilder, als ein Ehepaar – sie schätzte sie auf Ende Fünfzig – zusammen mit einem jungen Mädchen, vielleicht der Tochter, zu ihr kam und sich als Familie Bäumer aus Köln vorstellte.

»Jetzt haben wir schon so viele Ausstellungen in dieser Galerie besucht und auch einige Bilder für unser Haus gekauft, aber daß eine junge deutsche Künstlerin hier ausstellt, haben wir bisher noch nicht erlebt. Das mußten wir uns einfach ansehen.«

Junge Künstlerin! Vielen Dank, dachte Niki, ist eben alles nur eine Frage der Ausgangsposition des Betrachters.

Die drei Rheinländer waren genau so elegant angezogen wie die italienischen Ausstellungsbesucher. Frau Bäumer trug dezenten, aber edlen Schmuck und war perfekt geschminkt und frisiert. Ihre gebräunte Haut war allerdings extrem faltig. Ob das der Preis für den permanenten Aufenthalt hier war? Vielleicht war die Haut der Nordeuropäer ja gar nicht dafür geschaffen? Oder sie machten es nicht den Einheimischen nach, die in der Mittagszeit die Sonne mieden?

»Auf ein Bild haben mein Mann und ich uns schon geeinigt. Aber bei dem zweiten sind wir noch nicht ganz schlüssig. Beide sollen in einem Raum zusammen hängen. Vielleicht können Sie uns raten, welche am besten zueinander passen?«

Niki unterbrach ihre Betrachtung von Frau Bäumers Epidermis und ging mit dem Ehepaar, die Tochter stets im Schlepptau, noch einmal durch die Ausstellung; mit dem Ergebnis, daß die Eheleute sich auch danach nicht einigen konnten und daher alle drei Bilder kauften.

Man unterhielt sich noch ein wenig, und als die Bäumers hörten, daß Niki ebenfalls vom Rhein stammte, waren sie nicht mehr zu bremsen.

»Aber dann müssen Sie uns unbedingt mal in Garlenda besuchen und uns erzählen, was Sie hierher verschlagen hat!«

Aha, Garlenda! Sicher wohlhabende Unternehmer oder Geschäftsleute, die ein altes Rustico zu einem edlen Landsitz ausgebaut hatten und hier ihren Ruhestand genießen wollten wie viele Deutsche, die es nicht nur wegen der guten Luft und dem grünen Ambiente nach Garlenda zog, sondern auch wegen dem 18-Loch-Golfplatz vor der Haustür. Niki war sich nicht sicher, ob sie in diese Gesellschaft passen würde. Aber das Ehepaar Bäumer schien ernsthaft an ihrer Gesellschaft interessiert zu sein, und da sie ja eigentlich auch sehr freundlich waren und eben immerhin drei ihrer Bilder gekauft und vorsichtshalber sogar angezahlt hatten, willigte Niki schließlich ein. Nach dem Ende der Ausstellung würde sie die Bilder selbst zu Familie Bäumer nach Garlenda bringen und mit ihnen gemeinsam zu Abend essen.

Als Niki zwei Wochen später mit ihrem Roadster nach Garlenda fuhr (für den Ape als Transportmittel hatte ihr in diesem speziellen Fall der Mut gefehlt!), die Bilder, zum Schutz in eine Wolldecke gewickelt, im Kofferraum, kamen ihr wieder Zweifel an der Richtigkeit ihrer Zusage. Sie kannte die Leute doch gar nicht, konnte sich kaum noch an ihre Gesichter erinnern. Wahrscheinlich hatte man keinerlei Gemeinsamkeiten! Sicher würde es ein nicht enden wollender Abend mit langweiligen Gesprächen werden. Wenn wenigstens Ricardo sie begleitet hätte! Aber er hatte gemeint, es wäre für sie bestimmt angenehmer, sich einmal nur mit Landsleuten unterhalten zu können.

Die Sonne war schon untergegangen, aber noch war es hell genug, um die Gegend links und rechts der Straße zu sehen. Es stimmte: hier gab es wirklich viel Grün. Aber mit jedem Kilometer, den sie sich weiter von der Küste entfernte, wußte Niki, daß sie selbst niemals einem dieser Dörfer im Hinterland den Vorzug als Zweitdomizil gegeben hätte. Kein noch so gepflegtes Golfareal konnte so schön sein wie die unendliche Weite des Meeres.

Inzwischen dämmerte es bereits, und als sie abbremsen mußte, um zwei weißhaarige Herren mit Golfwagen die Straße überqueren zu lassen, wußte sie, daß sie ihr Ziel erreicht hatte. Sie schaute noch einmal auf das Visitenkärtchen auf der Ablage und erinnerte sich, daß Frau Bäumer ihr gesagt hatte, sie müsse beim Ristorante Rosalina rechts abbiegen. Sie drosselte die Fahrgeschwindigkeit auf Schrittempo, um die Abfahrt nicht zu verpassen. Nachdem sie den Ortsausgang erreicht hatte, ohne die gesuchte Straße entdeckt zu haben, wendete sie kurz entschlossen in einer Einfahrt, fuhr die gewundene Hauptstraße zurück, stellte ihr Auto auf dem Parklatz neben der ockerfarbenen Kirche mit den beiden Kuppeltürmen ab und machte sich zu Fuß auf den Weg. Die Dorfstraßen waren wie ausgestorben, nur einige Hunde, die den Klang ihrer Schritte mit lautem Gebell quittierten, waren der Beweis, daß hier Menschen wohnten. Auf Niki wirkte der Ort abweisend. Garlenda hatte so gar nichts von der mediterranen Leichtigkeit der Küstenorte. Hier meinte man förmlich, Kartoffelfeuer zu riechen und den nahen Herbst zu spüren.

Die drei Bilder mit ihren Alurahmen waren ganz schön schwer. Niki wechselte ihre Last mehrmals von einem Arm zum anderen, ehe sie endlich das Bäumersche Anwesen fand. Das Haus auf einem Eckgrundstück in erhöhter Lage mit unverbautem Blick ins Tal und auf das Dorf mit dem Kirchturm war teils aus Natursteinen gebaut, teils ockerfarben verputzt. Es hatte grüne Fensterläden, grün-weiß gestreifte Markisen und mehrere Terrassen, auf denen große Terracottakübel mit Lobeerbäumchen, Oleander und kleinen Palmen standen. Ob das Haus neu oder ein sehr gut renoviertes, altes Gebäude war, konnte man auf den ersten Blick nicht erkennen. Es wies jedenfalls den gleichen Baustil auf wie die übrigen Dorfhäuser. Allerdings war es so makellos und perfekt, wie deutsche Neubauten nun mal sind.

Herr und Frau Bäumer standen vor dem Eingang. Sicher hatten sie schon gewartet.

»Da kommt ja unsere junge Künstlerin mit den Schätzchen. Hallo und herzlich willkommen in unserer Hütte.«

Herr Bäumer war offensichtlich ein Witzbold und schien sich an seinem Humor selbst am meisten zu freuen. Aber sein dröhnendes Lachen und sein kräftiger Händedruck waren so herzlich, daß Niki sofort jedes Gefühl von Fremdheit verlor. Seine Gattin, die zwei Schritte hinter ihm gestanden hatte, begrüßte Niki genau so überschwenglich und führte sie dann hinein.

Niki war froh, daß der Hausherr ihr die schweren Bilder abgenommen hatte und rieb sich die schmerzenden Unterarme. Sie sah den weißen Marmorboden, blattgoldverzierte Spiegel und verschnörkelte Deckenleuchter aus buntem Muranoglas und fragte sich insgeheim, ob ihre Bilder hier wohl recht passen würden. Aber das Gästezimmer, in das die Beiden sie zunächst führten, war schlicht und elegant gehalten, und so fanden sie gemeinsam schnell den richtigen Platz für die Neuerwerbungen.

»Wir haben Ihnen zu Ehren ein ganz besonderes Menü kochen lassen. Sie werden staunen!«

Frau Bäumer genoß es sichtlich, aus der Speisenfolge ein kleines Geheimnis zu machen, und als sie später in dem geräumigen Speisezimmer saßen, wußte Niki auch, warum. Es gab eine herzhafte Gemüsesuppe und anschließend – sie traute ihren Augen kaum – Rheinischen Sauerbraten mit Klößen! In Italien! Die ganze Szenerie hatte beinahe etwas Surrealistisches. Hier saß sie, zusammen mit zwei Deutschen, die mit unüberhörbar rheinischem Akzent sprachen, in Ligurien und aß Sauerbraten!

»Wir haben uns gedacht, italienische Küche bekommen Sie jeden Tag, aber vielleicht haben Sie ja manchmal Heimweh nach gutem, deftigem, deutschem Essen.«

Frau Bäumer erwartete offenbar Nikis Urteil, und sie mußte sich nicht einmal verstellen, um erfreut zu wirken. Auf eine merkwürdige Art brachten der Geruch des Essens und die Sprache der beiden Rheinländer sie in eine heimelige Stimmung, ganz so, als säße sie zu Hause bei ihren Eltern am Sonntagsmittagstisch.

Während des Essens ließ sie ihre Augen unauffällig über die Einrichtung schweifen: alles sehr elegant, sehr italienisch. Dann entdeckte sie über der Designer-Anrichte das Foto. Es zeigte ein bunt gekleidetes Paar, beide mit großen Ballonschirmmützen in blau, rot, gelb und weiß: die Bäumers. Mitten in dem Männergesicht leuchtete eine feuerrote Pappnase! An dem Bilderhaken hing ein ganzes Bündel glitzernder Karnevalsorden! Ein unpassenderes Dekorationselement an diesem Ort ließ sich kaum vorstellen. Hier fehlt nur vom Balkon – die Aussicht op de Dom! Bäumers waren offenbar noch nicht ganz in Italien angekommen. Andererseits hatte es etwas Rührendes, wie sie versuchten, die alte mit der neuen Heimat zu verbinden.

»Auf Ihr Wohl, Niki!«

Der Gastgeber hob sein Glas, in dem rubinroter Wein funkelte (»Ahrwein! Haben wir von unserem letzten Besuch in der alten Heimat mitgebracht.«), stieß zuerst mit ihr, dann mit seiner Frau an und meinte dann: »Sie müssen uns ab und zu mal besuchen. Es ist schön, wenn man sich hin und wieder mit anderen Deutschen unterhalten kann. Dann fühlt man sich gleich heimischer hier.«

Der Wein war ein Gedicht, und das Essen schmeckte köstlich. Niki fühlte sich pudelwohl und konnte sich über sich selbst nur wundern. Sie war nach Italien gekommen, um möglichst schnell eins zu werden mit den italienischen »Leuten vom Meer«. Und jetzt saß sie im ligurischen Hinterland mit zwei Kölnern zusammen bei deutschem Essen und deutschem Wein und wäre am liebsten noch Stunden geblieben.

Nach dem Essen waren sie ins riesige Wohnzimmer gegangen, wo ihnen das Mädchen (»Das ist unsere Elisabetta. Sie stammt hier aus dem Dorf und ist ein richtiger Schatz. Nur mit dem Sauerbraten hatte sie anfangs ihre Probleme. Aber inzwischen macht sie ihn fast so gut wie ich.«) den Espresso servierte. Die Bäumers erzählten Niki ihr halbes Leben und daß sie ihre Reinigungskette im Kölner Raum verkauft hatten, um sich im sonnigen Italien einen schönen Lebensabend zu machen.

»Wir haben allerdings immer noch eine Eigentumswohnung in Köln, die von unserer Tochter genutzt wird, die dort studiert. Jedes Jahr zur Karnevalszeit muß sie ihre Eltern ertragen. Wenn die Sitzungen beginnen, hält uns hier nichts mehr. Dann müssen wir einfach heim und dabei sein.«

Niki wollte es genau wissen.

„Fühlen Sie sich denn hier nicht wohl? Sie haben doch ein phantastisches Haus und ein beneidenswert sorgenfreies Leben."

Sie schaute dabei Frau Bäumer an und wartete gespannt auf die Antwort.

»Als wir vor fünf Jahren hierher zogen, waren wir begeistert von allem: von der Landschaft, dem fast immer schönen Wetter, dem guten Essen und natürlich von dem Golfplatz vor der Haustür. Und wir haben erwartet, daß man uns mit offenen Armen empfängt und wir bald viele Freunde, auch unter den Einheimischen, haben würden. Aber so einfach ist das nicht.«

»Haben Sie denn überhaupt keinen Kontakt zu Italienern hier?«

»Doch, schon. Wir laden hin und wieder italienische Golffreunde zu uns ein, aber die sind meist nur als Urlauber hier. Die Dorfleute grüßen uns freundlich, leben aber ihr eigenes Leben. Bei ihnen ist das etwas ganz anderes, Niki. Sie haben einen italienischen Mann und finden dadurch sicher leichter Kontakt zur Bevölkerung.«

Niki ließ die Beiden in ihrem Glauben. Sie war nicht sicher, wie die gastfreundlichen Bäumers ein Geständnis bezüglich ihrer verworrenen Beziehungslage aufgenommen hätten.

Es war beinahe Mitternacht, als das Ehepaar sie gehen ließ, allerdings erst, nachdem sie ihnen versprochen hatte, möglichst bald mal wieder auf einen Besuch vorbei zu kommen und »dann aber unbedingt Ihren Mann« mitzubringen. Obwohl sie nur ein Glas des guten Ahrweins getrunken hatte und danach auf Mineralwasser umgestiegen war, brauchte sie für die Fahrt nach Albenga viel länger als für die Herfahrt am Nachmittag. Sie war keine gute Nachtfahrerin. Daher fuhr sie die gewundene, unbeleuchtete Landstraße noch zaghafter als am Tag und war erleichtert, als sie wieder auf der Küstenstraße ankam.

Der Vollmond stand hoch über der ruhigen Fläche des Meeres. Sein kaltes Licht brachte das Wasser zum Glitzern und färbte die gekräuselten Schaumkronen helltürkis. Niki war so entzückt von diesem Schauspiel, daß sie den Blick immer wieder nach links wenden mußte. Am Capo Mele setzte sie kurz entschlossen den Blinker und brachte den Wagen am Straßenrand zum Stehen. Sie betätigte zur Sicherheit die Zentralverriegelung, lehnte sich dann entspannt in den Ledersitz zurück und genoß das nächtliche Bild. Sie versuchte, sich jedes Detail einzuprägen und nahm sich vor, diesen Anblick nie zu vergessen.

Als sie spät in der Nacht endlich ihren Wagen auf dem unbefestigten Abstellplatz in Bussana Vecchia geparkt hatte und das verwinkelte Steinhaus betrat, lag Smarty, ihr sonst so zuverlässiger Bewegungsmelder, schnarchend auf seiner Decke und schien sie nicht vermißt zu haben.. Auch Ricardo schlief schon, und so zog sie sich im Dunkeln aus und schlüpfte möglichst leise zu ihm unter die Decke.

»War es sehr langweilig?« murmelte er schlaftrunken und zog sie an sich. Aber bevor sie antworten konnte, war er schon wieder eingeschlafen.

Im Mondschein, der das kleine Schlafzimmer in ein grünliches Blau tauchte, sah sie den Hund in seiner Ecke schlummern und fragte sich, ob er nach der langen Trennung noch eine Erinnerung an sein Herrchen hatte. Sie dachte an den Rest ihrer Familie in Deutschland – an Holger, Christina, ihre Eltern – und an das Appartement in Alassio, das noch vor gar nicht allzu langer Zeit Ziel ihrer Sehnsucht gewesen war und jetzt seit Wochen leer stand. Dann sah sie die Bäumers vor sich, die den Traum vieler Deutschen lebten. Sie besaßen ein eigenes Heim in Ligurien, nah am Meer – und fühlten sich doch nicht richtig zuhause.

Und obwohl Niki die Wärme des Körpers neben ihr spürte, fühlte sie sich so allein, als sei sie der einzige Mensch auf einem entfernten Planeten ...

XII. Marco

Mit dem November kam der Regen nach Ligurien. Und er hatte nicht nur scheinbar unerschöpfliche Mengen an Flüssigkeit im Gepäck. Er brachte auch Traurigkeit und erste Zweifel mit; nicht plötzlich und mit voller Wucht, sondern schleichend und zunächst kaum wahrnehmbar.

Die letzten Oktobertage waren erstaunlich mild und heiter gewesen, und niemand hier hatte mit einem baldigen Wetterwechsel gerechnet. Aber als Niki am Morgen des ersten November die Klappläden öffnete, wirkte die Umgebung wie in schmutzige Watte gepackt. Regenschwere Nebelwolken schienen sich durch das geöffnete Fenster ins Zimmer schieben zu wollen und verdeckten die Aussicht aufs Meer. Nur die Neonbeleuchtung der gläsernen Gewächshäuser, in denen auf den westlich gelegenen Hügeln Nelken wie am Fließband produziert wurden, durchdrang mit ihrem kalten Licht die Nebelsuppe.

Sie zog fröstelnd die Schultern hoch, schloß schnell das Fenster und ging in die kleine Küche, um Tee zu kochen. Auch hier war es nicht wärmer und trotz der Tageszeit so dunkel, daß sie das Licht anschalten mußte. Um wenigstens stimmungsmäßig etwas Wärme zu verbreiten, zündete sie einige Kerzen an und hüllte sich in ihre Molljacke.

Als sie dann mit dem dampfend heißen Tee vor sich an dem kleinen Küchenherd saß und sich umblickte, kam der erste Schub Traurigkeit und kroch an ihr hoch wie ein klebriges Monster, das sich nicht abschütteln ließ. Was machte sie hier? Die provisorische Küche mit dem alten Elektroherd und den offen verlegten Elektroleitungen, der gemauerten Steinspüle und den roh gezimmerten Wandregalen, auf denen irdene Töpfe mit Kräutern und Krüge mit Olivenöl standen, die ihr während der sonnigen Tage als Inbegriff mediterranen Landhauscharmes erschienen war, wirkte jetzt im trüben Herbstlicht schäbig, ja fast ärmlich. Erst jetzt fielen ihr die zahlreichen Gebrauchsspuren auf. Sie dachte an ihre schöne neue Küche zuhause und verspürte plötzlich unbändiges Heimweh. Gleichzeitig schämte sie sich für dieses Gefühl.

Ricardo war schon früh losgefahren, um in Imperia Leinwand für neue Bilder zu kaufen. Es würde ein endloser Tag des Wartens werden. Eigentlich hatte sie vorgehabt, später selbst auch hinunter zu fahren, nach San Remo, und sich die Zeit mit einem kleinen Stadtbummel zu vertreiben, um so wenigstens für ein paar Stunden der Tristesse hier oben zu entfliehen.

Zuhause hatte sie es immer gehaßt, bereits Ende Oktober in allen Supermärkten mit Klingeling und Glockenklang berieselt zu werden und grinsenden Schokonikoläusen ins Auge schauen zu müssen – eine Gefahr, die hier ganz offensichtlich nicht bestand. Auch hatte sie bisher noch nirgendwo, in keinem Schaufenster einen Tannenbaum – ob echt oder aus Plastik – gesichtet. Also eigentlich Grund zur Freude – die sich aber merkwürdigerweise nicht einstellen wollte.

Sie entschloß sich schließlich doch gegen die Fahrt ins Tal. Die engen Kurven der Bergstraße und die steilen Abhänge machten ihr schon bei normalem Wetter Angst. Der Nebel heute aber erschien ihr so bedrohlich, daß die Langeweile im Dorf das kleinere Übel war. Sie blieb den ganzen Tag im Haus und wartete auf den Geliebten. Am Abend würde er zurückkommen, sie in den Arm nehmen, und alle Traurigkeit würde von ihr abfallen und augenblicklich vergessen sein. Aber es beunruhigte sie, daß sie jetzt emotional so abhängig von einem anderen Menschen war wie seit Jahren nicht mehr.

*

Die erste Dezemberwoche war naßkalt und stürmisch. Draußen im Hof wirbelte der unaufhörlich wehende Wind welke Blätter im Kreis. Niki nahm es dem Wetter übel, daß es ihre Illusion vom ewig sonnigen Italien widerlegte. In den Städten an der Küste war auch jetzt kaum etwas von vorweihnachtlicher Stimmung zu spüren. Etwas Sternendeko und Kunstschnee in einigen wenigen Schaufenstern und grellrot leuchtende Neonleuchtstäbe an den Fassaden, die sich im regennassen Pflaster spiegelten, waren der rührende, aber mißlungene Versuch, Lichterglanz und Adventstimmung aus den Ländern nördlich der Alpen zu importieren.

Und in Bussana Vecchia keine Spur von »dream on a hill« in dem bei dem trostlosen Wetter wie ausgestorben daliegenden Bergdorf! Eher ein Albtraum! Niki dachte an die riesengroßen Weihnachtsbäume in den Kaufhäusern daheim, an Glühwein- und Bratwurstduft auf den zahlreichen Weihnachtsmärkten und daran, wie sie jedes Jahr ihr großes Wohnzimmer im Landhausstil mit selbst gebundenen Tannengirlanden und vielen Kerzen und Windlichtern geschmückt hatte, und ihr Heimweh wurde noch größer.

Sie saß im Atelier vor der Staffelei und mühte sich mit einer Artischocke ab. Die hatte sie vom Markt mitgenommen, weil die feinen Farbabstufungen von Oliv zu Weinrot sie fasziniert hatten. Aber hier in den kleinen Räumen des alten Gemäuers mit seinen niedrigen Decken schien es in diesen Tagen gar nicht mehr richtig hell werden zu wollen. Das am Morgen noch so attraktive Gemüse erschien jetzt wie ein dunkler, farbloser Klumpen.

Sie drehte den Strahler der Lampe in eine andere Position, versuchte erneut, passende Farbtöne auf der Palette zu mischen, als es an der Vordertür klopfte. Niki legte die Palette auf den kleinen Holztisch mit den bunten Farbspritzern, wischte den Pinsel an dem bereit liegenden feuchten Tuch ab und ging zur Tür.

Als sie öffnete, erblickte sie einen hoch gewachsenen, schlanken, jungen Mann. Eine Strähne seiner dunkelblonden, glatten Haare war ihm in die Stirn gefallen und beschattete ein Paar unergründlich blauer Augen. Auch wenn er hellere Haare hatte, sah er doch aus wie ein jüngerer Bruder Ricardos. Hatte der irgendwann etwas von einem Bruder erzählt? Niki versuchte, sich zu erinnern, aber ihr fielen nur die Namen der beiden Schwestern Ricardos ein.

»Buon giorno. Sono Marco. Marco Benedetto. Mio padre c´è?«
Er wollte zu seinem Vater. Niki verstand nicht.
»Suo padre?«
»Si. Ricardo. Ricardo Pentini.«
Niki verschlug es die Sprache. Stumm verharrte sie im Türrahmen, unfähig, etwas zu sagen oder zu tun.
»Non c´è?«
Niki schreckte aus ihren Gedanken auf. Sie mußte sich zusammenreißen.
»No. È ad Imperia. Ritorna stasera.«
»Va be´, grazie. Ritorno più tardi. Può dirglielo?«
Sie versprach dem jungen Mann, seinem Vater auszurichten, daß er abends gegen acht noch mal wiederkommen werde.

Als Marco Benedetto gegangen war, saß sie wie gelähmt in der Küche und versuchte, ihre Gedanken zu ordnen. Ricardo war Vater. Das war an sich nichts Schlimmes – schließlich hatte sie auch eine Tochter. Aber er hatte es verschwiegen! Es stellte sich die Frage: Warum?

Nachdem sie mindestens eine halbe Stunde reglos in der Küche gesessen hatte, stand sie auf, holte aus dem Atelier einen Aquarellblock und einen Holzstift und begann zu schreiben. Anschließend trennte sie das Blatt ab und legte es gut sichtbar auf den Küchentisch.

Dann ging sie in das kleine Schlafzimmer, rückte den Stuhl, der am Fenster stand, vor den alten Kleiderschrank aus dunklem Holz, stieg hinauf und holte ihren Koffer herunter. Sie pustete den Staub ab – er war seit Monaten nicht benutzt worden – postierte ihn auf dem Bett und begann zu packen.

Den schweren Koffer hinter sich herziehend, ging sie anschließend noch einmal in die Küche und las ihre Zeilen:

Ti amo. Aber ich muß zurück. Vergiß mich. Danke für alles! N.

Sie stellte den Koffer ab, zog ihre Seesternohrringe aus und legte sie auf das beschriebene Blatt Papier.

Hastig und voller Eile belud sie den Wagen, so, als ob sie fürchtete, bei einer verbotenen Tat ertappt zu werden, und war froh, als sie eine halbe Stunde später auf der Küstenstraße nach Osten, Richtung Genua, fuhr.

Das Autoradio ließ sie ausgeschaltet – nach Musik war ihr jetzt nicht zumute.

Zeilen aus dem Taugenichts fielen ihr ein:

»Die Wasserkunst, die mir vorhin im Mondschein so lustig flimmerte, als wenn Engelein darin auf und nieder stiegen, rauschte noch fort wie damals, mir aber war unterdes alle Lust und Freude in den Brunnen gefallen. Ich nahm mir nun fest vor, dem falschen Italien mit seinen verrückten Malern, Pomeranzen und Kammerjungfern auf ewig den Rücken zu kehren, und wanderte noch zur selbigen Stunde zum Tore hinaus.«

Die Fahrt Richtung Norden absolvierte sie wie in Trance. Sogar die so verhaßten Tunnels waren ihr egal. Smarty schien ebenso erschöpft zu sein wie sie und schlief fast die ganze Zeit. Am Brenner lagen schmutzige Schneematschreste auf der Fahrbahn, und es regnete in Strömen. Als sie vor lauter Nässe kaum noch die Straße erkennen konnte, schaltete sie den Scheibenwischer an. Die Sicht wurde keinen Deut besser, nicht mal, nachdem sie den Wischer auf die höchste Stufe gestellt hatte. Jetzt erst ging ihr auf, daß sie auch einen Scheibenwischer im Inneren des Wagens gebraucht hätte, genauer: vor ihren Augen. Denn die ergossen wahre Wasserfälle an Tränen über ihr Gesicht. Sie wischte sich mit der Rechten über die Augen, schniefte und zog die Nase hoch – nichts mehr von *bella figura!* Es war ihr egal. Alles war ihr egal.

Die endlose Heimfahrt bei scheußlichem Wetter, der kurzfristige Entschluß, in einem Rasthaus in Bayern zu übernachten und der Anruf zu Hause, in dem sie Holger ihre Rückkehr ankündigte – all das erledigte sie automatisch, wie ferngesteuert.

Als sie am nächsten Mittag übernächtigt und müde ihr Haus betrat, war sie froh, daß Holger auf einer zweitägigen Dienstreise war, die er so kurzfristig nicht hatte absagen können. Keine Fragen jetzt! Keine Erklärungen und Geständnisse!

Sie streifte mit einem kurzen Blick den Blumenstrauß und den Zettel mit *Herzlich Willkommen!* auf dem Wohnzimmertisch, füllte Smartys Napf mit frischem Wasser, räumte das Auto aus und legte sich dann ins Bett. Es war mitten am Tag, aber sie wollte nur schlafen und alles vergessen. *Il sogno sulla collina* - ihr Traum auf dem Hügel - war ausgeträumt ...

XIII. Blue, blue Christmas ...

»Last Christmas I gave you my heart, but the very next day you gave it away ...« Ricardo hatte ihr sein Herz geschenkt, eine Gabe, der sie ganz offensichtlich nicht würdig gewesen war. Es war feige gewesen, sich einfach davonzustehlen. Warum hatte sie ihn nicht einfach gefragt?

Niki eilte zur Stereoanlage und drehte so lange an den Knöpfen, bis sie einen Jugendsender mit harter Rockmusik gefunden hatte. Es war in diesen Tagen fast unmöglich geworden, dem sentimentalen Weihnachtssong von Wham zu entkommen. George Michael hatte es definitiv geschafft, Bing Crosby mit seinem »White Christmas« zu entthronen. Zumindest heute hatte sie aber genug davon. Lauter Rocksound dröhnte nun durch die Wohnung – nicht sehr inspirierend für ihre vorweihnachtliche Backorgie, aber er schützte sie vor ihren eigenen Gefühlswallungen.

In einer großen Schüssel türmten sich bereits Unmengen von Kokosmakronen mit Oblatenboden, die geliebten, aber heiklen, weil leicht zerbrechlichen Vanillekipferl waren Niki in diesem Jahr besonders gut gelungen, und jetzt war sie dabei, Mürbeteig für Spritzgebäck zu kneten.

Der Tag war längst geschmeidig weich, aber sie konnte nicht aufhören, ihn zu bearbeiten. Mit jeder Handbewegung knetete sie quasi eine Rechtfertigung für ihr Verhalten mit hinein. Sie hatte es Ricardo leicht machen wollen. – Wenn er wütend auf sie wäre, würde er sie schneller vergessen können. – Sie hatte nicht länger mit der Lüge leben können. Zu viele Lügen ...! Wie gut, daß Gebäck nicht reden konnte. Es hätte einiges erzählen und an den Weihnachtstagen für mancherlei Verwirrung sorgen können.

Als sie sich genug vorgemacht hatte, sah der Teigklumpen entsprechend aus. Er war jetzt so weich, wie sie sich immer in Ricardos Armen gefühlt hatte, hatte aber eine unansehnliche Farbe bekommen. Kein gutes Material für Spritzgebäck. Entschlossen nahm sie den fettig glänzenden Teig, trug ihn hinaus zur Mülltonne und warf ihn mitsamt ihrem seelischen Ballast – so hoffte sie zumindest – hinein. Genug mit vorweihnachtlicher Gefühlsduselei. Wer noch mehr Plätzchen wollte, sollte sie kaufen oder selbst backen!

*

Es war still im Haus an diesem zweiten Weihnachtsfeiertag. Niki spürte eine leichte Erschöpfung, wie immer nach Fest- und Feiertagen. Eigentlich erklärte Gegnerin von Festivitäten jeglicher Art und überzeugte Liebhaberin ganz gewöhnlicher Werktage, hatte sie die zwei Tage wider Erwarten genossen. Der Heiligabend mit der Familie – ihre Eltern und Christina waren gekommen – war gemütlich und harmonisch, ohne Streitereien verlaufen. Sie hatten gut gegessen, von früher erzählt und viel gelacht.

Jetzt waren die Besucher wieder abgereist, und Niki spürte eine leise Melancholie und Leere. Holger hatte sich nach dem Mittagessen zurückgezogen, um, wie er es nannte, Siesta zu halten. Wenn er wüßte, was sie nach Italien unter Siesta verstand!

Wenn Gäste da waren, oder wenn sie eingeladen waren, konnte sie ihre Unzufriedenheit leichter verdrängen oder zumindest überspielen. Wenn sie aber, so wie heute, mit Holger alleine zuhause war, trat die Entfremdung zwischen ihnen umso deutlicher zutage. Sicher, er war unübersehbar froh gewesen, als sie ihre Reise abgebrochen hatte und zurückgekommen war. In den ersten Tagen hatte er sich sogar erstaunlich intensiv um sie bemüht. Und sie selbst war anfangs froh gewesen, gefühlsmäßig in ruhigerem Gewässer zu treiben: kein Herzklopfen mehr, kein Liebeskummer, keine Aufregungen oder unangenehme Überraschungen. Man brauchte nicht zu rätseln, was der Partner fühlte oder meinte. Alles schien bekannt und vertraut.

Doch dann hatten sich wieder die alten Gewohnheiten eingeschlichen, und jetzt war eigentlich alles wieder wie vor ihrer Reise. Und, was sie besonders schlimm fand, Holger schien damit ganz zufrieden zu sein. Er hatte ganz offensichtlich seinen Seelenfrieden gefunden. Die Ehefrau hatte ihren Selbstverwirklichungstrip hinter sich, weitere Ausbrüche waren wohl nicht zu befürchten, man konnte sich also ganz allmählich auf einen geruhsamen Lebensabend einstimmen. Er hatte natürlich wissen wollen, warum sie nur zwei Bilder – Christinas Portrait und ein kleines Pastell, das die Terrasse der Residence in Alassio zeigte – mitgebracht hatte. Zum Glück hatte sie die Ausgabe des L'Alassino, der Stadtpostille des Urlaubsortes, mit in den Koffer gepackt. Darin war neben einem ausführlichen Bericht über das Feuer in den Bergen über Laigueglia ein halbseitiger Artikel über ihre Ausstellung in der Little Gallery abgedruckt, in der man die Bilder einer »jungen deutschen Malerin mit vielversprechender Zukunft« pries. Sie hatten Ricardos Worte zur Eröffnung zitiert. Glücklicherweise war auf dem Foto nur sie alleine vor einigen ihrer Bilder zu sehen. Niki wurde erst jetzt bewußt, daß sie kein einziges Foto von Ricardo hatte.

Warum konnte sie sich nicht wie Holger mit der Situation, so wie sie war, abfinden? Vielleicht stimmte mit ihr etwas nicht? Vielleicht hatte sie irgendeinen seelischen Defekt, der es ihr unmöglich machte, das Älterwerden mit all seinen Begleiterscheinungen zu akzeptieren und anzunehmen?

Das Schrillen des Telefons unterbrach ihre düsteren Gedanken. Wahrscheinlich war das Christina, die gerade gemerkt hatte, daß sie – wie eigentlich bei jedem Besuch zu Hause – etwas liegen gelassen hatte. Gedankenverloren nahm Niki den Hörer auf und hielt ihn ans Ohr. Zunächst war nur ein leises Rauschen zu hören, dann war es still am anderen Ende. – Obwohl niemand sich gemeldet hatte, wußte sie es sofort. Ihr Herz klopfte plötzlich schneller. »Ricardo?« fragte sie leise. Keine Antwort. Dann hörte sie ein leises Klicken. Aufgelegt.

Minutenlang hielt sie noch den Hörer ans Ohr gepreßt, fast so, als könnte sie auf diese Weise ein Wort, nur ein Wort von ihm heraus pressen.

Als in den Wochen darauf kein weiterer Anruf kam, war sie schließlich überzeugt, ein Opfer ihrer eigenen Wunschträume geworden zu sein. Sicher war der unbekannte Anrufer eine wildfremde Person gewesen, die sich einfach nur verwählt hatte.

XIV.   Wahrheit oder Pflicht?

Mitte Januar sah Niki Ricardo wieder! Sie hatte in der letzten Zeit immer öfter das Gefühl gehabt, sich die Romanze mit Ricardo nur eingebildet, in Tagträumereien zusammen gedichtet zu haben – so weit weg erschien ihr das alles. Und so traf sie das Wiedersehen umso unvorbereiteter. Sie saß in der Bilderrahmungsabteilung einer Fotohandlung des Kaufhauses und vertrieb sich die Wartezeit damit, in Katalogen mit Kunstdrucken zu blättern. Sie hatte ein Bild »Plenilunio sul mare« nach einer Skizze, die sie beim Aufräumen in ihrem winzigen Atelier unter den Sachen ihres Italienaufenthaltes gefunden hatte, gemalt und zum Rahmen hierher gebracht. Sie war gespannt, wie es fertig aussehen würde.

Ein junges Ehepaar suchte ein Passepartout für ein großes Hochzeitsfoto und konnte sich nur schwer entscheiden. Immer wieder zogen sie andere Kartonwinkel aus dem Musterständer und legten sie an das Bild an. Das konnte noch dauern.

Niki zog ihre warme Steppjacke aus, legte sie neben sich und griff nach einem neuen Katalog aus dem Regal. Sie versuchte, sich zu erinnern, über welchen Verlag die Clubfreundin ihre Bilder vertrieb, als ihr fast der Atem stockte. Sie blickte direkt in Ricardos lachendes Gesicht! Seine Augen strahlten sie an, als säße er ihr gegenüber! Das Schwarzweißfoto auf Hochglanzpapier zeigte ihn mit Rundhalspullover und lockerem Jacket, die Arme locker auf die Knie gelegt, so, wie er oft auf der kleinen Steinmauer vor dem Studio d`Arte gesessen hatte. Niki schoß das Blut ins Gesicht. Ihr wurde plötzlich zu heiß in ihrer warmen Winterkleidung. Sie schaute sich das Foto jetzt genauer an und ließ dann ihren Blick über die fünf abgebildeten Kunstdrucke gleiten: Mittelmeerlandschaften, ganz offensichtlich Ligurien und alles Arbeiten, die sie nicht kannte. Sie schlug den Katalog zu und suchte nach dem Erscheinungsjahr. Er war aus dem vorletzten Jahr, also vor ihrem

Aufenthalt in Bussana Vecchia. Sie blätterte erneut bis zum Buchstaben P: Pentini, Ricardo. Er hatte ihr nie erzählt, daß er Arbeiten an einen Kunstverlag verkauft hatte. Aber es gab wahrscheinlich noch vieles, das sie nicht über ihn wußte! Und eigentlich war ihre gemeinsame Zeit auch viel zu kurz gewesen, um sich wirklich kennenzulernen. Außer Marco kannte sie niemanden aus seiner Familie. Und diese Begegnung war auch nur unbeabsichtigter Zufall gewesen. Ricardo hatte ein halbes Menschenleben ohne sie gelebt. Wie hatte sie erwarten können, alles von ihm zu wissen? In zwei, drei Monaten ließen sich eben beinahe vierzig Jahre nicht aufarbeiten!

Niki wurde komischerweise in diesem Moment klar, daß sie voreilig gehandelt hatte. Sie hätte Ricardo die Gelegenheit zu einer Aussprache geben müssen. Aber jetzt war es zu spät. Alles, was ihr von ihm geblieben war, war dieses Hochglanzfoto, das vor ihr lag und nicht mal ihr gehörte. Sie konnte doch nicht fragen, ob sie es mitnehmen durfte. Aber sie würde auch nicht ohne das Bild gehen!

Sie hatte eine große, schwarze Stofftasche dabei, in der sie ihr Vollmondbild nach Hause transportieren wollte. Die legte sie jetzt möglichst unauffällig auf die linke Katalogseite und schaute sich – scheinbar sehr interessiert – die kleinen Kunstdrucke auf der rechten Buchseite an. Ihre linke Hand lag flach unter der Stofftasche und übte gleichzeitig leichten Druck auf die Katalogseite und nach links aus. Schon kurz darauf merkte sie, daß sich das Blatt löste. Zum Glück keine Fadenheftung!

Sie schaute zu dem jungen Paar hinüber, das sich immer noch angeregt mit der Verkäuferin unterhielt. Niemand hatte etwas gemerkt. Sie rollte die Katalogseite zusammen und schob sie dann schnell in die Tasche. Sie war eine Diebin! Nur einmal im Leben, mit fünf Jahren, hatte sie gestohlen: eine der Paranüsse, die in der Vorweihnachtszeit im Tante-Emma-Laden ihres kleinen Heimatdorfes offen in einem Korb gelegen hatten und ihr so exotisch erschienen waren. Ihr schlechtes Gewissen und die Angst, erwischt zu werden, hatten ihr anschließend die Freude an dem Genuß des unrechten Besitzes verdorben. Von dem Tag an hatte sie sich keiner bewußten Gesetzesübertretung mehr schuldig gemacht, nicht einmal eine Schwarzfahrt mit Bus oder Bahn hatte sie sich erlaubt.

Aber heute war es anders. Ricardo gehörte ihr. Jedenfalls dieses Foto. Wenn jemand hier in dieser Stadt ein Recht auf das Bild hatte, dann sie!

»Kann ich ihnen helfen?«

Niki zuckte zusammen und schaute die Verkäuferin verwirrt an. Sie hatte vollkommen vergessen, wo sie war und was sie hier wollte. Sie fühlte sich ertappt und spürte, wie ihr wieder das Blut ins Gesicht schoß. Während sie sich tief über ihre Tasche beugte, nach dem Abholschein kramte und dabei etwas von »...Bild abholen« murmelte, hoffte sie, daß die Angestellte nichts gemerkt hatte.

Später auf dem Parkplatz im Auto fuhr sie nicht gleich los, sondern holte die Katalogseite mit Ricardos Bild aus der schwarzen Stofftasche. Lange saß sie so im Wagen und schaute ihm in die Augen ...

Was er wohl gerade machte ...?

Schließlich faltete sie das Stück Papier so lange, bis es in ihre Brieftasche paßte, und machte sich auf den Heimweg, den ehemaligen Geliebten im Format 10 x 10 Zentimeter in der Handtasche.

Ende Januar würde sie der Schulbehörde melden müssen, ob sie im kommenden Jahr zum Dienst zurückkehren wollte. Bis zuletzt hatte sie gehofft, ein Wunder würde geschehen und Ricardo käme sie holen. Aber von ihm kam kein Zeichen, kein Anruf oder Brief. Und schließlich war sie überzeugt, daß auch der anonyme Anruf während der Weihnachtstage nicht von ihm gewesen war, sondern wahrscheinlich nur jemand, der sich verwählt hatte. Den Ritter auf dem weißen Pferd gab es, wie sie nach langjährigem vergeblichen Warten wußte, wohl tatsächlich nur im Märchen.

Beim Gedanken, nun auch noch ihr ungeliebtes Berufsleben wieder aufnehmen zu müssen, grauste es ihr. Sie wollte nicht zurück.

So lange sie sich in ihrem gemütlichen Haus verkriechen konnte, ging es ihr – den Umständen entsprechend – gut. Sie kochte immer noch vorwiegend italienisch, zumeist Gerichte, die sie mit Ricardo zusammen bereitet hatte und inzwischen auswendig kannte. Auch Holger war ein Freund der italienischen Küche und freute sich über ihre neu erwachte Lust am Hausfrauendasein. Nur *trenette con pesto*, dieses urligurische Gericht, das der Geliebte ihr an ihrem allerersten gemeinsamen Abend serviert hatte, hob sie sich für die Tage auf, an denen sie alleine aß. Wenn sich das Aroma dieser basilikumduftenden, knoblauchreichen, grünen Sauce mit den heißen Teigwaren vermischte, schloß sie die Augen, damit der aufsteigende Duft sie in Gedanken zurück nach Ligurien tragen konnte. Und sie verstand, wieso diese berühmteste Spezialität der Küstenregion einst für heimwehkranke Seefahrer erfunden worden war.

*

»Niki macht ein Jahr Urlaub – Niki hat Zeit.«

Die Nachricht hatte sich nach ihrer Rückkehr verbreitet wie ein Lauffeuer, und so traten die unterschiedlichsten Personen mit ihren Anliegen an sie heran. Wenn sie dann abwehrte, reichten die Reaktionen von Verständnislosigkeit bis zu unverhohlenem Ärger. Wie konnte sie es wagen, Aufträge abzulehnen, wo sie doch offensichtlich Freizeit im Überfluß hatte!

Niki hatte Mühe, ihren mühsam erkämpften Freiraum zu verteidigen und Ruhe zum Malen und Schreiben zu finden.

Hinzu kam, daß die Schwiegermutter in immer kürzer werdenden Abständen Schübe von Altersdemenz zeigte. Da Niki immer im Haus war, schienen es alle für selbstverständlich zu halten, daß sie sich kümmerte.

Wenn sie sich trotzdem ein paar Stunden für kreatives Arbeiten stehlen konnte, malte sie fast ausschließlich »Sehnsuchtsbilder«: Bilder vom Meer, von ligurischen Gassen, von den Ruinen des Künstlerdorfs.

Als sie ihre Malutensilien in den Schrank in ihrem Miniatelier zurück räumte, fiel ihr eine ganz besondere Muschel vor die Füße. Eigentlich war es nur ein Stück Perlmutt, von einer Muschelschale, wahrscheinlich einer Auster, abgebrochen. Bei einem ihrer langen Morgenspaziergänge am einsamen Strand von Alassio hatte sie es im Sand gefunden. Es hatte die Form eines dicken Fisches und an der passenden Stelle eine punktförmige Vertiefung, die wie ein Auge aussah. Zwei weitere Rillen formten eindeutig einen lächelnden Mund. Sie hatte das Gefühl, der freundliche Fisch lächele nur ihr zu, ganz so, als wolle er ihr etwas sagen. Weil sie den Fund nicht in einer ihrer Schubladen verstecken wollte, baute sie ihn in eine Collage ein: eine kleine quadratische Leinwand mit viel blauem Himmel, rotbraunen Felsen, die sie aus Stabmuscheln und Modellierpaste formte, leuchtend gelbem Strand, der durch Beigabe von echtem ligurischem Sand – noch ein Mitbringsel von Alassio – täuschend echt wirkte, und türkisgrünes Meer. Der Zauberfisch bekam noch einen Hauch von Goldpaste, die seine »Schuppen« leuchten ließ, und zwei kleine Federn: eine flaumzarte in Weiß und eine schwarze mit weißen Punkten – ebenfalls Fundstücke vom Strand. Sie ließ einen weißen Schattenrahmen für das Bild anfertigen und hängte »Magic Mantje« in ihrem Zimmer so auf, daß sie ihn von ihrem Arbeitstisch aus immer sehen konnte. Das Bild war kindlich und bunt und künstlerisch ohne Bedeutung. Man hätte es auch kitschig nennen können. Aber für sie war es von persönlichem Wert. Vielleicht konnte der Fisch, der im Sand von Alassio auf sie gewartet hatte, wirklich zaubern? Vielleicht würde er ihre geheimsten Wünsche erfüllen wie der Butt im Märchen vom Fischer und seiner Frau?

Ein paar Mal war sie versucht gewesen, es auf eine Probe ankommen zu lassen, »Mantje, Mantje, timpe te..« zu flüstern und dem Fisch ihre Wünsche zu offenbaren. Aber am Ende hatte sie dann immer der Mut verlassen, nicht, weil sie fürchtete, sich vor sich selbst zu blamieren, sondern weil sie Angst vor einer Enttäuschung hatte.

Holger hatte wohl gespürt, wie sehr es sie nach Italien zog und vorgeschlagen, den nächsten Sommerurlaub in Alassio zu verbringen. Aber als wollte sie möglichst große Distanz zwischen Ricardo und sich bringen, schlug Niki als Alternative eine Reise in den hohen Norden vor, nach Sylt.

»Ach nein, wie langweilig. Schon wieder dasselbe. Wir waren schon lange nicht mehr an der Nordsee. Laß uns doch wieder mal nach Keitum fahren!«

Da Holger das Bilderbuchdorf mit den schönen, reetgedeckten Friesenhäusern genauso liebte wie sie, war er gleich einverstanden. Und sie war erleichtert. Sie hätte es jetzt noch nicht ertragen, Orte, an denen sie mit Ricardo glücklich gewesen war, mit irgendeinem anderen Menschen zu teilen.

In ihr Leben mit Holger war längst der Alltag zurückgekehrt. Hin und wieder schliefen sie zusammen, was ihr nicht einmal unangenehm war. Solange sie es als freundschaftliche Geste betrachtete, hatte sie keine Probleme damit. Schließlich waren sie keine Feinde, sondern nach wie vor in Kameradschaft verbunden. Nur leidenschaftliche Liebe erwartete sie in dieser langjährigen Beziehung nicht mehr und richtete sich darauf ein, daß es für den Rest ihres Lebens so bleiben würde. Das war wohl der Lauf des Lebens, dem sich zu fügen sie wohl irgendwann auch noch lernen würde, auch wenn sich jetzt noch jede Faser ihres Herzens gegen diese Melancholie des Vergehens und Vergessens wehrte.

*

Am letzten Tag des Monats Januar fuhr sie in die Schule und gab im Sekretariat den Antrag auf Rückkehr zum Schuldienst ab. Anschließend saß sie noch eine halbe Stunde mit ehemaligen Kollegen im Lehrerzimmer zusammen. Man taxierte sie – so kam es ihr jedenfalls vor – wie eine bunte Kuh, ein exotisches Wesen. Und das war sie wohl auch in gewisser Weise. Denn als man sich an dem langen Tisch links und rechts und gegenüber nach und nach wieder eigenen Themen zuwandte und sich über dieselben Schüler mit den gleichen Worten beklagte wie vor fast einem Jahr, hatte Niki das Gefühl, unsichtbar zu sein wie ein Geist, der unbemerkt eine fremde Szenerie beobachtete. Könnte sie wirklich in wenigen Monaten wieder als Rädchen in diesem ihr jetzt schon so fremden Schulgetriebe funktionieren? Oder war sie nach ihrem Ausbruch für diese Arbeitswelt nicht mehr zu domestizieren?

Wieder zu Hause, nahm sie das Foto aus ihrer Brieftasche und betrachtete es ein letztes Mal. Vom vielen Auseinander- und wieder Zusammenfalten war es an den Knickstellen gebrochen, so daß sich jetzt ein weißes Gitter über Ricardos Gesicht zu legen schien. Sie legte das Blatt auf einen großen, flachen Teller, zündete ein Streichholz an und hielt es an das Papier, das sofort aufflammte. Reglos verfolgte sie, wie sich die Flamme langsam durch das Papier fraß, zunächst türkisgrün, gefolgt von einer schmalen Zickzacklinie rotglimmender Glut, schließlich eine metallisch graue Fläche mit gekräuselter Oberfläche zurücklassend. Sie fühlte sich elend, als sie das verschrumpelte Stück verkohltes Papier sah. Als sie genauer hinblickte und sah, daß sie Ricardos Gesicht noch schemenhaft, fast wie auf einem Fotonegativ, erkennen konnte, berührte sie es sanft mit dem Zeigefinger. Im gleichen Augenblick zerstoben die Reste des Bildes zu staubfeinen Ascheflöckchen.

Vorbei! Ein Häufchen weißlich-grauer Asche war scheinbar alles, was von ihrer italienischen Affäre geblieben war.

Aber Niki wußte es besser ....

XV.   ... muore per la voglia di andare via ...

Anfang März pflanzte Niki erste Stiefmütterchen in ihren Vorgarten und freute sich über die freundlichen kleinen Blumengesichter, die sie ansahen, als wollten sie ihr sagen: Schau, der Frühling kommt, und bald ist wieder Sommer. Alles wird gut.

Und wirklich blickte sie jetzt wieder zuversichtlicher in die Zukunft. Ein langer strenger Winter mit viel Schnee und langen Eiszapfen an den Dachrinnen war vorüber. Die länger werdenden Tage, die in diesem Jahr schon erstaunlich früh überaus mild waren, lockten sie jetzt täglich nach draußen. Sie liebte die Arbeit im Garten und freute sich an dem Rosenpavillon aus grünem Metall, den sie und Holger um ein Steinrondell gebaut hatten. Sie wartete gespannt darauf, wenn sich im Juni zum ersten Mal die Blüten der im vergangenen Jahr neu gepflanzten Rankrose zeigen würden und sie mit ihren Malsachen in diesem idyllischen Winkel sitzen würde.

Sie feierte ihren dreiundvierzigsten Geburtstag wie immer mit Mann, Tochter, den Eltern und ihrer Schwiegermutter bei Kaffee und Kuchen und hatte als Hausfrau mehr Arbeit als Vergnügen dabei. So würde es jetzt wohl in jedem Jahr sein, immer dasselbe, nur, daß sie langsam alt und grau werden würde. Das Geschenk von Holger, eine edle Lederhandtasche, hatte sie, wie schon seit Jahren, auch dieses Mal wieder selbst besorgt, von ihm das Geld dafür bekommen und es ihm zum Verpacken überlassen. Früher hätte diese Lieblosigkeit sie gekränkt. Aber inzwischen hatte sie sich auch damit abgefunden. Sie war froh, als der Tag vorüber war und sie wieder zu ihren gewohnten Alltagsbeschäftigungen zurückkehren konnte. Sie hatte ihre eigenen Geburtstage noch nie leiden können – jetzt noch weniger als je zuvor.

Zwei Tage später klingelte am frühen Vormittag der Paketbote und brachte ein Päckchen für sie. Als sie die italienischen Briefmarken sah, klopfte ihr das Herz bis zum Hals. Sie rief Holger unter einem fadenscheinigen Vorwand im Büro an und fragte ihn etwas Belangloses, nur um ganz sicher zu sein, daß er auch dort war und nicht überraschend vorbei kam, was er manchmal – nicht wegen ihr, sondern wegen irgendeiner öffentlichen Funktion, deren er immer noch viel zu viele hatte – tat.

Dann endlich gestattete sie sich, das überraschende Paket zu öffnen. Obenauf lag ein Briefumschlag. Sie nahm den silbernen Brieföffner von der Kommode, schlitzte den Umschlag auf, nahm die beiden Briefbögen heraus und entfaltete sie.

Carissima Niki,
lange habe ich überlegt, ob ich dir schreiben darf. Wenn du wieder glücklich bist in deiner Ehe, dann lies einfach nicht weiter und wirf den Brief und das Päckchen weg ...

Niki ließ den Brief sinken. »... wieder glücklich in Deiner Ehe ...«. Wie konnte sie das sein? Aber was war sie jetzt eigentlich? Sie war nichts mehr! Nicht mehr todtraurig wie in den ersten Wochen nach ihrer überstürzten Flucht. Und erst recht nicht glücklich. Sie hatte ganz einfach resigniert, sich abgefunden.

Sie nahm wieder den ersten Briefbogen in die Hand und las weiter:

Wenn du aber mit genauso viel Sehnsucht an unsere gemeinsame Zeit denkst, dann laß mich bitte einiges erklären. Als ich deinen Brief fand und sah, daß deine Sachen weg sind, konnte ich mir zunächst nicht erklären, was der Grund sein könnte. Erst, als am Abend dieses Tages Marco auftauchte und von Eurer kurzen Unterhaltung erzählte, glaubte ich zu wissen, warum du mich verlassen hast. Es war falsch von mir, dir nicht von Marco zu erzählen. Aber ich habe dir meinen Sohn nicht absichtlich verschwiegen. Er wohnte bis letztes Jahr bei seiner Mutter Claudia in Bergamo. Claudia und mich verband vor über zwanzig Jahren eine Jugendliebe. Als Marco geboren wurde, wußten wir bereits, daß unsere Gefühle nicht für ein ganzes, gemeinsames Leben reichen würden. Wir waren beide Studenten, hatten große Pläne – aber eben in vollkommen verschiedene Richtungen – und waren uns einig, daß es das Beste wäre, wenn Marco bei Claudias Eltern aufwachsen würde. Und sie haben ihm wirklich alle Liebe gegeben, die sie hatten. Übrigens hättest du Marcos Mutter beinahe kennengelernt, im September, als du mich in Genua besucht hast! Claudia war bei meiner Mutter gewesen und hat mich kurz im Hotel besucht ...

Die elegante Fremde! Marcos Mutter! Die Frau, mit der Ricardo einen Sohn hatte! Hätte er ihr doch an jenem Tag von ihr erzählt ...

Marco studiert jetzt in Mailand Architektur und besucht mich seitdem öfters. Er ist ein prima Junge, auch wenn unser Verhältnis keine klassische Vater-Sohn-Beziehung ist. Wir sind eher gute Freunde ...

Sie ließ das Blatt sinken. Er schrieb, wie er immer mit ihr gesprochen hatte: in beinahe fehlerlosem Deutsch mit einigen wenigen italienischen Worten dazwischen. Sie meinte fast, seine Stimme zu hören ...

In dem Paket befanden sich zwei kleine Schachteln, beide mit florentinischem Papier in Blau- und Türkistönen kaschiert. Als sie den Deckel der ersten Schachtel abnahm, rollte darin ein Stück leuchtend blauer Pastellkreide hin und her.

Auf dem Zettel, der darunter lag und auf dem die Farbe zahlreiche Abriebspuren hinterlassen hatte, stand: *Erinnerst du dich an unsere erste Begegnung auf der Promenade in Alassio? Damals habe ich deine Kreide zertreten ...*

Sie nahm den Kreidestift aus der Schachtel, schaute versonnen aus dem Fenster in die Ferne und versuchte, sich die Szene vom vergangenen September ins Gedächtnis zu rufen: »*Il fissativo!*« Ricardos amüsierter Ausruf, dann sein lachendes Gesicht ... Plötzlich spürte sie die Sehnsucht wie einen körperlichen Schmerz.

Der zweite kleine Karton enthielt ein weiteres Etui, das ihr sofort bekannt vorkam. Als sie es öffnete, blitzten und glitzerten die Brillantsplitter auf den beiden Seesternen. Vorsichtig nahm sie die zierlichen Schmuckstücke heraus und steckte sie an.

Per la mia sirena! Wie gerührt war sie gewesen, als er sie als seine Meerjungfrau bezeichnet hatte. Und wie irritiert, als sie Wochen später in ihrem kleinen Wörterbuch entdeckt hatte, daß das Wort *sirena* auch *Seekuh* bedeutete! Sogar jetzt noch entlockte ihr die Erinnerung daran ein amüsiertes Lächeln.

Sie wollte den Versandkarton gerade schließen und wegräumen, als sie auf dem Boden ein Stück weißes Papier fand. Sie nahm es heraus – ganz offensichtlich Zeichenpapier – und drehte es um. Zunächst konnte sie mit dem Motiv – eine schlafende Frau, entspannt ausgestreckt auf einem Bett – nichts verbinden. Dann aber kam ihr die Haltung der Schlafenden irgendwie bekannt vor: das untere Bein ausgestreckt, das andere angewinkelt darüber gelegt, die Wange auf die verschränkten Hände gebettet. Sie sah genauer hin, und plötzlich wußte sie: Das Bild zeigte sie selbst!

Am rechten unteren Bildrand erkannte sie nicht nur Ricardos vertraute Signatur, sondern auch ein Datum: 5. September. Der Tag nach ihrer ersten gemeinsamen Nacht! Sie erinnerte sich, daß Ricardo an jenem Morgen auf einem Stuhl vor dem Bett gesessen hatte, einen Skizzenblock auf den Knien und einen Zeichenstift in der Hand. Er mußte sie gezeichnet haben, während er wartete, daß sie aufwachte. Als die Zeichnung an einer Stelle zuerst ein wenig unscharf, dann verschwommen wurde, merkte Niki, daß sie weinte. Alles war falsch! Sie wischte sich mit der Linken über die Augen, dann über das ganze Gesicht. Nach einer Weile ging sie zum Spiegel, der über der Anrichte hing, um ihr Aussehen zu korrigieren – und brach in lautes Lachen aus. Was ihr entgegenschaute, erinnerte an einen Clown im Zirkus oder eher noch an einen Indianer auf dem Kriegspfad. Ihr verschmiertes Gesicht war kreuz und quer mit leuchtend blauen Streifen überzogen. Die Kreide! Sie hatte sie in der Hand gedreht und ganz vergessen.

Obwohl ihr Herz immer noch in Aufruhr war, konnte sie nicht mehr aufhören zu lachen. Sie war regelrecht hysterisch. Sie lachte so lange weiter, bis sich die Tränen der Trauer mit Freudentränen vermischten.

Als sie sich wieder beruhigt hatte, nahm sie Ricardos Brief und las ihn zu Ende:

La vita non è bella senza te! Komm zurück nach B.V., damit die Bilder, die ich male, wieder leuchten!

Niki, wenn du kommst, wirst du in meinem Ausstellungsraum ein neues Bild sehen, das eigentlich ein ganz altes ist. Ich habe »Gente di mare« zurückgekauft. Der Besitzer wollte zwar erheblich mehr dafür haben, als er im letzten Jahr bezahlt hat, aber das Bild hat mich so an dich erinnert – ich mußte es einfach wiederhaben. Du hast es doch so geliebt – also komm zu mir und du kannst es dir anschauen, so oft du willst.

Ti amo! Per sempre!
Ricardo

Erinnerungen stiegen vor Nikis innerem Auge auf, Erinnerungen an geliebte Orte, an das Meer, an die Menschen, denen sie begegnet war und an Italien, das Land ihrer nie vergehenden Sehnsucht.

Jeder Tag dort würde dort jetzt wieder mit dem unvergleichlichen Licht beginnen, welches das Meer zum Funkeln brachte.

Wahrscheinlich kontrollierten die *bagninos* in diesen Tagen, ob die Winterstürme irgendwelchen Schaden angerichtet hatten. Vielleicht stellten sie für sehr zeitige Urlauber sogar schon die ersten Liegestühle auf.

Enzo, der Mailänder Jazzschlagzeuger, der nur aus Liebe zu Lucia zum Bademeister mutiert war, würde wohl mit seinen Helfern die Duschkabinen und die Strandtoilette wieder aufbauen, die er im Herbst sorgfältig in die Einzelteile zerlegt, numeriert und abtransportiert hatte.

In der Kapelle des Don Bosco Internats würde der nette Padre bald wieder deutschsprachige Messen für die Touristen halten.

Signora Antonella würde die neuesten Bademodelle in den Schaufenstern ihres Dessousladens arrangieren und jede eintretende Kundin mit strengem Blick und erstaunlicher Treffsicherheit auf ihre Körbchengröße hin abtaxieren.

»Foto-Aldo« würde seine Kapitänsmütze abstauben und erste Runden durch die kleine Stadt drehen, und auch die dunkelhäutigen Strandhändler würden mit blauen Müllsäcken über der Schulter, in denen sich ihr gesamtes Warenangebot befand, wieder am Strand patrouillieren.

Und die Bäumers aus Köln? Sicher hatten sie längst ihre Pappnasen und Karnevalskostüme eingemottet und waren in ihr Zweitdomizil nach Garlenda zurückgekehrt.

In Bussana Vecchia würde man schon wieder im Freien malen können, mit dem Rücken an die von der Frühlingssonne erwärmten alten Natursteinmauern des Ruinendorfes gelehnt.

Und Ricardo? Ach, Ricardo ...

Er würde jeden Tag auf Antwort von ihr warten...

Oder darauf, daß sie plötzlich vor der alten Holztür zum Studio d´Arte stand.

Würde er umsonst warten? Oder würde sie seinem Ruf folgen und in ihren Elfenbeinturm auf dem Berg zurückkehren? Würde sie dieses Mal weniger ängstlich sein und für immer bleiben ...?

Denn wenn sie jetzt ging, würde es für immer sein – mußte es für immer sein. Und es wäre das Ende ihrer langjährigen Ehe. Durfte sie das Holger antun? Aber brauchte er sie überhaupt noch? Wenn ja, als was? Als biegsames Efeu, den Gatten stets dekorativ umrahmend?

Was war mit ihren Eltern? Hatten sie nicht einen ruhigen Lebensabend verdient?

Und was würde Christina zu ihren Eskapaden sagen? Sie hatte eine feine Antenne für ungute Schwingungen und sicher längst bemerkt, daß man die Ehe ihrer Eltern nicht mehr unbedingt als glücklich bezeichnen konnte. Würde sie in ihrer Mutter nur noch eine „durchgeknallte Alte" sehen, die sich in der Midlifecrisis befand?

Doch was war die Alternative? ... *muore per la voglia di andare via* ... sterben vor Sehnsucht nach der Ferne?

»Wahrheit oder Pflicht« war ein stets beliebtes Spiel der Schüler gewesen. Wie würde sie sich entscheiden? Für die Pflicht? Das war ihre Ehe, ihre Familie, Ihr Beruf, ihr Zuhause.

Oder für die Wahrheit? Für die Liebe zu Ricardo? Sie hatte versucht, ihn zu vergessen, hatte ihn und Bussana Vecchia verlassen, um in ihr altes Leben wie in ein bequemes Kleidungsstück zu schlüpfen – das ihr jetzt aber nicht mehr paßte, viel zu eng war. Sie hatte Ricardos Bild verbrannt, um ihn auf diese Weise aus ihrer Erinnerung zu löschen – umsonst. Er war ihre einzige und wahre und große Liebe – das war ihr jetzt bewußt.

Konnte sie noch einmal fliehen, zurück nach Italien gehen? Um Ricardo für immer zu gehören? Wollte sie überhaupt irgend jemandem ganz gehören? Hatte sie sich nicht jahrelang danach gesehnt, endlich nur noch sich selbst zu gehören?

Und was war mit ihren beruflichen Verpflichtungen? Sie hatte ihre Rückkehr zum Schuldienst schriftlich zugesagt.

»Dumme, brave Niki« dachte sie, »funktionierst immer noch wie eine Marionette.«

Sie wußte nicht, wie sie sich entscheiden sollte. Gab es vielleicht noch eine dritte Möglichkeit? Pendeln zwischen zwei Ländern, Kulturen, Existenzen, Männern? War sie ein Zugvogel, nur in umgekehrter Richtung? Ein menschlicher Zugvogel mit Flügeln – aus Sehnsucht geformt, den es im Sommer nach Süden zog, dorthin, wo der Sommer seinen Namen verdiente? Der im Winter nach Norden floh, dorthin, wo es Schnee und Frost und Eis gab – also alles, was einen richtigen Winter ausmachte? Ging es ihr wie den *gente di mare* im Lied, die unbedingt in die Ferne wollten und dort dann vor Heimweh starben? Die immer auf der Suche nach der Erfüllung, nach dem vollkommenen Glück waren – und es doch nirgendwo fanden?

Ihr Blick fiel durch die großen Glasschiebetüren hinaus in den Garten. Doch sie sah nicht die gleichmäßig grüne Rasenfläche, nicht die blühenden Sträucher dahinter und keine Frühlingsblumen. Ihr Blick schien all dies zu durchdringen wie Glas und ging weit in die Ferne.

Wie eine Fata Morgana stieg vor ihr eine märchenhafte Vision am Horizont auf: das Bild eines steinernen Gartens auf einem Berg, mit einem merkwürdig hohlen Kirchturm ...

Fast meinte sie, das gleichmäßige Rauschen der Wellen zu hören ...

Dann vermischte sich das Rauschen mit einer vertrauten Melodie, zunächst ganz leise, dann anschwellend und schließlich unüberhörbar:

Gente di mare, che se ne va, dove gli pare, dove non sa,
gente que muore di nostalgia ...

Es war wie ein Sirenengesang, der sie anzog, fortzog – nach Süden.
Dieses Mal für immer?

Per sempre ...